MW01687825

BBLITERAIR

DE COMPLETE LIJST BOMMELPAPERBACKS
VAN MARTEN TOONDER

*Als je begrijpt wat ik bedoel*
*Geld speelt geen rol*
*Een heer moet alles alleen doen*
*Zoals mijn Goede Vader zei*
*Een eenvoudige doch voedzame maaltijd*
*'k Wist niet dat ik het in mij had*
*Parbleu*
*Praw! Der Hemeldonderweder*
*Een groot denkraam*
*Altijd dezelfde*
*Verzin toch eens een list*
*Overgehaalde landrotten*
*Met mijn teer gestel*
*Zeg nu zelf...*
*En daar houd ik mij aan*
*Wat enigjes*
*Grofstoffelijke trillingen*
*Mijn eigen eenzame weg*
*Hoe vreselijk is dit alles*
*Zaken zijn zaken*
*De Grote Onthaler*
*HM*
*Als u mij wilt verschonen*
*Ach mallerd*
*Héél stilletjes*
*Daar zit iets achter*
*Had ik maar beter geluisterd*
*Hier ligt een mooie taak*
*Een ragfijn spel*
*Ook dat nog*
*Een enkel opbeurend woord*
*Dit gaat te ver*
*Met uw welnemen*
*Mooi is dat*
*Het uiterste gevraagd*
*Daar kan ik niet tegen*
*Soms verstout ik mij*
*Dat geeft te denken*
*Een bommelding*
*Een kleine handreiking*
*Wat ben je toch knap*
*Dat zag ik nu eens net*
*Ik voel dat heel fijn aan*
*Als dat maar goed gaat*
*De andere wereld*
*Heer Bommel komt op*
*Heer Bommel vervolgt*
*Heer Bommel sluit aan*

MARTEN TOONDER

# PARBLEU

1998
UITGEVERIJ DE BEZIGE BIJ
AMSTERDAM

*Voor Irwin, Rowan, Marten, Fiona en Milou*


Eerste druk september 1971
Tweede druk november 1971
Derde druk maart 1973
Vierde druk juli 1974
Vijfde druk oktober 1977
Zesde druk 1980
Zevende druk 1986
Achtste druk 1993
Negende druk 1998
Omslag Marten Toonder/Phiny Dick
Druk Veenman drukkers, Ede
ISBN 90 234 0380 0 CIP
NUGI 300

## INHOUD

# HET NIEUWE DENKEN

Waar de rivier de Rommel in zee uitmondt ligt het vissersdorpje Krabbezijl, dat vooral in de zomermaanden een gezochte verblijfplaats voor vakantiegangers is. Eertijds lag de blanke top der duinen daar te blinkeren in de zonnegloed terwijl de witte meeuwen boven het brede strand scheerden. De groeiende stad en de technische vooruitgang eisen echter hun tol – en het is te begrijpen dat de regering dit braakliggende terrein heeft aangewezen als stortplaats voor vuilnis. Er zijn echter lieden die bezwaren tegen deze ontwikkeling hebben – en een van deze is, jammer genoeg, heer Bommel.
Nog niet lang geleden bracht hij een weekend door in het schilderachtige plaatsje, maar gedurende een strandwandeling deed hij niet veel anders dan de neus ophalen en misnoegd naar de zwarte kraaien kijken, die de plaats van de meeuwen hadden ingenomen.
'In mijn jeugd,' sprak hij bitter, 'was hier alles anders en beter. Toen ik, als knaap, wel eens met mijn goede vader pootje.ging baden, was het zand schoon. Maar nu is het door al die afval en weggooi-flessen heel akelig onder de voeten, als je begrijpt wat ik bedoel.'
'Ach,' zei Tom Poes, die hem vergezelde. 'U moet in het heden leven, heer Ollie. Alles verandert nu eenmaal.'
Zo pratende hadden ze de plek bereikt waar de stadsreiniging zijn vuil placht te storten – en de gevolgen bleven niet uit.

Een auto van de gemeentereiniging hief juist op dat moment ronkend zijn stortbak omhoog en ledigde deze rommelend en kletterend boven de hoofden van de strandwandelaars. Deze bevonden zich daardoor plotseling tot aan de hals in kwalijk geurende prut, zodat het genot van de zilte zeelucht hen geheel verging. Gedurende enige tijd overstemde het kwakken van neerstortend vuilnis het geruis van de branding en het krassen der kraaien, maar toen trad er een gedrukte stilte in.
'Oempf,' sprak heer Ollie tenslotte. 'Vloegel was hiel alles betel... en ook andels... blmpf... Dit is geen oolt vool... voor een heer. Hoe worden we ooit weer schoon, Tom Poes? Zeg eens wat!'
Met deze woorden begon hij moeilijk en vol weerzin uit de afval te klimmen, terwijl hij enige groenteresten van zijn gelaat verwijderde. Doch nu bleek hoe mooi alles in de natuur geregeld is. Want, terwijl de besmeurde vakantiegangers zich uit de vaalt verhieven, rees er achter hen een hoge branding-golf omhoog, die hen bruisend en schuimend overspoelde en alle ongerechtigheid met zich voerde. In plaats daarvan trad er nu echter een ander verschijnsel op.

Zoals meer ontwikkelde lezertjes zullen weten, is de zee een uitgezochte stortplaats voor olie en andere vloeibare resten. Dit is dan ook de reden, dat Tom Poes en heer Ollie zwart en glimmend uit het sop kwamen.
'Bllmpf,' sprak heer Bommel, nadat hij enige tijd door schrapen en rochelen zijn mondholte gereinigd had. 'Chlmps... Ik wil hier weg, Tom Poes!'
Hij keek verslagen naar zijn eens zo frisse jas en daarop snoof hij de lucht op. Het was begonnen te misten; uit de zee woeien klamme, grijze nevels aan en de geur van bederf, die over het verlaten strand hing, werd sterker.
'Ik wil weg,' herhaalde heer Ollie met klagende stem. 'Ik wil naar huis.'
'Hm,' zei Tom Poes. 'We zijn hier nu eenmaal. Dit is misschien niet zo'n goeie plek; met al die fabrieken in de buurt. Als we een beetje naar het noorden gaan wordt het strand vanzelf schoner. Flink stappen, heer Bommel, dan wordt u weer warm.'
Heer Ollie gaf met tegenzin toe en een kort poosje liepen ze zwijgend door de toenemende mist langs de vloedlijn. Maar toen had hij er genoeg van.
'Ik wil naar huis,' zei hij klappertandend. 'Kom mee, jonge vriend; we gaan landinwaarts. Ik heb nog nooit zó naar een warm bad verlangd.'

Tom Poes sputterde niet meer tegen; waarschijnlijk kreeg ook hij genoeg van de gore golven en de grijze nevels, die in de vallende schemering nog grauwer schenen.
Ze keerden de zee dus de rug toe en begonnen in de richting van de duinen te lopen.
'Daar vinden we ergens wel een pad, dat weer naar de bewoonde wereld voert,' zei heer Bommel. Hij trok huiverend zijn geoliede jas wat dichter om zich heen en vervolgde: 'En naar een warm bad. Dit alles is héél slecht voor iemand met mijn gevoelig gestel. Zo'n verblijf aan zee kon wel eens het einde van mijn loopbaan betekenen, als je begrijpt wat ik bedoel.'
'Hm,' zei Tom Poes, maar verder kwam hij niet. Tot zijn verbazing stonden ze plotseling opnieuw voor een bruisende golflijn, die uit de mist op hen toe spoelde.
'Hoehoe k-kan d-dat?' stamelde heer Ollie. 'W-we lopen toch l-landinw-waarts. D-dat weet ik zeker, zeg nu z-zelf!'
'Ja,' gaf Tom Poes aarzelend toe. 'Ik begrijp het ook niet. We moeten op een zandbank geraakt zijn, die bij hoogwater door de zee omringd wordt.'
Heer Bommel zweeg even om dit te laten inwerken en langzamerhand nam zijn gelaat een grauwe kleur aan.
'Een zandbank...' herhaalde hij toen met toonloze stem. 'Door zee omringd. Misschien... misschien wordt hij wel overspoeld!'

'Kom,' zei Tom Poes, 'het wordt steeds donkerder. Misschien zit deze zandbank ergens nog aan het land vast. We kunnen het beste de vloedlijn volgen.'

Heer Ollie wist ook geen beter plan en zo liepen ze terneergeslagen en kleumerig verder over het kleffe zand. Maar hoe ze ook keken, overal kabbelde de oliebranding, die door de reinigingsmiddelen uit de flessen hevig schuimde.

'Witter dan wit,' prevelde heer Bommel stil voor zich heen. 'Misschien dat ze ons er later verstild en verschoond uit ophalen...'

Zijn vreugdeloze overpeinzing werd gestoord door het geluid van een bel en een dorre stem die vaag door de nevels tot hen kwam.

'Hoog water!' riep de stem. 'De vloed komt hoog! Vóór zes uur binnen zijn!'

Nu doemde er een schimmige gedaante op, die zich in het gele licht van een olielamp over het natte zand bewoog.

'Voor zes uur binnen zijn,' sprak de verschijning, toen hij de ongelukkige wandelaars gewaar werd. 'Wee degene, die geen beschutting heeft. Kom mee, heren. Het is springvloed vandaag.'

Met deze woorden schuifelde hij snel het land op en Tom Poes en heer Ollie, die hem opgelucht volgden, zagen na een poosje een oude hut uit de mist te voorschijn komen.

De vreemdeling opende de deur van het gebouwtje en trad binnen.
'Kom er in, heren,' sprak hij. 'Dit is het huis van de strandvoogd – en die ben ik. Het huis blijft staan, zolang het niet wordt weggespoeld; en als het wordt weggespoeld kan ik het met wrakhout weer opbouwen. Het ambt brengt echter niet veel op – en daarom heb ik hier ook maar een reisbureau gevestigd.'
'Een reisbureau?' mompelde heer Bommel, bevreemd rondblikkend.
Het geluid van de branding drong dreigend door de dunne wanden heen en de geur van bederf kierde door de spleten. Maar het mistte hier niet en dat deed iets van zijn moed terugkeren.
'Wat een onzin,' sprak hij dan ook afkeurend. 'Een reisbureau op een plek waar men niet af kan!'
'Ja,' zei Tom Poes. 'Als het werkelijk hoog water wordt zal er niet veel van dit huis overblijven.'
'Dat denk ik ook niet,' hernam de strandvoogd. 'Maar daarom is mijn reisbureau nu juist een uitkomst. Men moet wel reizen, of men wil of niet!'
'Toen ik jong was, was alles veel rustiger,' klaagde heer Bommel, maar het mannetje liet hem niet uitspreken.
'Ja, ja,' riep het met krassende stem. 'Sommigen verlangen naar vroeger en anderen wachten op later. Men heeft geen heden, hèhè! Maar het heden dient om te reizen, heren! Alles, wat u nu nog om u heen ziet, zal vergaan. We moeten voort, anders hebben we geen toekomst.'

De strandvoogd trok een boek uit een omgebouwde sinaasappelkist en begon er in te bladeren.
'Eens kijken,' sprak hij. 'U moet dus op reis. Wat zal het zijn? Het zonnige zuiden kan ik u niet aanbieden. De verbinding is verbroken, vrees ik. En wat de overige windstreken betreft...'
Hij zweeg even, en in de stilte was het brullen van de golven buiten akelig hoorbaar. Ook was er een wind opgestoken, die huilend door de kieren van de wankele hut blies en de lamp deed schommelen. Heer Bommel huiverde.
'Ik wil naar huis,' zei hij klagend. 'Ik wil niet op reis!'
'Dat is hetzelfde,' hernam het mannetje. 'Maar omdat u geen enkele richting uit kunt, zitten we met een kleine moeilijkheid: we moeten het reizen door de ruimte vergeten. U kunt alleen nog maar door de tijd. Ik kan u een mooie passage geven, want de maan is vol – en dan is het springtij. Wat denkt u er van? Een unieke gelegenheid om kennis te maken met het Nieuwe Denken in Novo, heren. En geheel kosteloos!'
'Ik wil echt liever naar huis!' herhaalde heer Ollie bijna schreiend. 'B-bommelstein, bed-bedoel ik. W-wat jij, Tom Poes?'
De gastheer schudde echter somber het hoofd.
'Er is geen keuze,' verklaarde hij met dorre stem. 'We zijn afhankelijk van de stroom – en die gaat alleen in de nieuwe richting. Er is trouwens haast bij. De tijd dringt!'

Nu, dat was waar. Want nauwelijks was het ventje uitgesproken, of de eerste golven van de branding sloegen reeds tegen het gebouwtje, zodat het houtwerk lelijk verzakte – en van de zandbank was reeds lang niets meer te bekennen. Zover het oog reikte kolkten de golven in het bleke maanlicht; slechts enig afval duidde de plaats aan waar het strand gelegen had.

Ook in de hut was het opkomend tij duidelijk waarneembaar. Door alle kieren drong de vloed naar binnen en weldra geraakte het meubilair op drift.

'Het is zo ver,' sprak de strandvoogd, zijn hoed opzettend. 'Het zal u duidelijk zijn dat we uit het heden weg moeten. Blijft u vooral kalm, er is niets ongewoons aan de hand. Zo is het altijd met springtij. Gaat u rustig in een fust zitten, de stroom is gunstig.'

Zo sprekende wees hij op enkele ijzeren vaten, die tegen de wand stonden.

Heer Ollie, die zich op een droog plekje had teruggetrokken, keek er vol afgrijzen naar. Doch voordat hij een tegenwerping had kunnen maken sloeg een zware roller de voorgevel weg, zodat hij plotseling tot aan de ribben in de branding stond.

'Wel opschieten,' drong de gastheer aan. 'Het heden is maar kort!'

Hij duwde heer Bommel in een wankelend vat – en meteen daarop bleek reeds hoeveel waarheid de woorden van de eenvoudige man bevatten. Een machtige deining, die zachtjes nadergleed, verhief zich plotseling hoog in de lucht. En voordat iemand 'pas op' had kunnen zeggen, stortte de roller zich op het dak van de wankele woning. De gevolgen bleven niet uit; het gebouwtje zakte in elkander – en toen de watermassa zich gorgelend terugtrok was er niets meer dat overeind stond. Wrakhout en armelijk meubilair dreef ordeloos onder de bleke maan en gedurende enige ogenblikken zag het er naar uit, dat ook ieder teken van leven was weggevaagd. Doch toen doken er uit de branding drie ijzeren fusten op. Twee ervan spoedden zich, gedreven door wind en stroom, zeewaarts; de derde bleek door een ketting aan de bodem verankerd te zijn en bleef dus waar hij was.
De deksel van dit derde vat nu, verhief zich onder een knarsend geluid om doorgang te verlenen aan de hoed van de strandvoogd. Gedurende enige ogenblikken oogde het ventje de wegdrijvende tonnen na en luisterde hij naar het klagelijk geroep dat uit de achterste opsteeg. Toen knikte hij goedkeurend. 'Wie in het heden leeft, kan blijven waar hij is,' sprak hij tot zichzelf. 'Zoals ik. Maar de anderen moeten voort, daar leren ze van. Goeie reis! Hèhèhèhè!'
En met dit akelige gelach sloot hij zijn vat.

Over de zeereis die heer Ollie maakte wil ik kort zijn. De ontberingen van een fijngevoelig heer, in een ijzeren fust door ruwe golven heen en weer gekaatst, zijn niet te beschrijven. Daarom meld ik slechts, dat het vat bij het krieken van de morgen op de rotsachtige kust van het eiland Novo werd geworpen. Gedurende enige tijd lag het daar, omspoeld door de kabbelende zee. Doch toen begon het al rollend te bewegen, er klonk wat gebonk dat hol door het metaal galmde, en het deksel opende zich.

Nu vertoonde ook de inzittende zich aan het milde zonlicht.

'Oempsjj...' sprak heer Bommel, een diepe teug zeelucht inademend. 'Twasjtewasj... oow...'

Na deze woorden kroop hij plassend uit zijn omhulsel en ging versuft in het schuim zitten.

Zijn aanspoeling was niet geheel onopgemerkt gebleven. Vanachter enige steenklompen werd hij door een inboorling gadegeslagen – en na enig talmen naderde deze op zachte voeten. Heer Ollie had hem niet in de gaten, daarvoor had hij het te druk met het tellen van zijn kwetsuren en het verzamelen van zijn gedachten.

'Hoe fresjijk istit allesj,' prevelde hij stil voor zich heen. 'Maar kleef nog, gloof ik... W-w-waar isj Tom Poesj?'

Hij sloeg moeilijk de kijkers op en nu viel zijn glazige blik op de naderende vreemdeling.

Deze bleef op enige afstand staan en keek nieuwsgierig naar heer Bommel, die zich op handen en voeten in het sop ophield. De ontberingen van de afgelopen reis speelden hem nog parten, maar het zien van een levend wezen gaf hem nieuwe moed.
'Mijn naam is Bommel,' sprak hij op zwakke toon. 'Olivier B. Bommel, een heer van stand, die door de zeereis ernstig geleden heeft...'
Op het eenvoudige gelaat van de inboorling tekende zich een diepe verbazing af, die door heer Bommel verkeerd werd uitgelegd.
'Ik heb een teer gestel,' vervolgde hij. 'Daarom heb ik verzorging nodig en versterkend voedsel. Geld speelt geen rol...'
'Wow, hé!' riep de ander temend uit. 'Wat 'n gek, hé! Moet je mij hebben? Nou moet je es goed luisteren. Ik zal je wat vertellen. Je ziet er gek uit. Je bent anders. Je stinkt. En laten we nou wel wezen; iemand helpen doet alleen een kneusje.'
Heer Ollie zweeg even om het gehoorde te laten inwerken, doch toen kwam hij plassend overeind, terwijl een frons zijn gelaat verduisterde.
'Zo ben ik nog nooit aangesproken!' riep hij verontwaardigd. 'Welk een grofheid! Is dit soms het Nieuwe Denken, waar die strandvoogd het over had?'

Hij deed een pasje voorwaarts en stak een strenge wijsvinger uit. 'Ik zal me ernstig over u beklagen bij de overheid,' hernam hij. 'U bekladt de goede naam van uw land...!'
De inboorling kromp ineen onder de berisping en omdat de angst hem blijkbaar te veel werd sperde hij de mond open en begon luidkeels om hulp te roepen. Dit had onmiddellijk gevolgen. Uit allerlei hoeken en gaten stroomden omwonenden naderbij, die luide van hun misnoegen blijk gaven.
'Het is Nul Negen!' riep er een. 'Hij heb herrie met een rare barrel!'
'Kijk es, wat een jassie!' schreeuwde een ander. 'Laten we nou wel wezen. Dat gaat zo maar niet!'
'Ik zal je wat vertellen,' vulde een derde aan. 'Eén tegen één is geen stijl. Laten we hem gaan rimpelen!'
Dit voorstel vond veel bijval en even later was de aangespoelde heer dan ook omringd door een joelende menigte.

Voordat heer Bommel wist wat er gebeurde, stortte deze zich op hem en nu ontstond er een ongelijk gevecht. Boven de rauwe kreten van de inboorlingen steeg het hulpgeroep van de ongelukkige schipbreukeling eenzaam op. Gelukkig was er hulp bij de hand.
Niet ver vandaan stond een politieagent zijn ronde te doen, en omdat hij de wetten op zijn duimpje kende wachtte hij rustig totdat het oploopje er genoeg van had. Pas toen het getier zich verwijderde, wendde hij zich om en slenterde naderbij.
'Is dat klop!' sprak hij vormelijk. 'Eigen schuld. Je geeft aanstoot. Doorlopen.'
Heer Ollie opende moeilijk een dichtzittend oog.
'Ikkik w-werd aan-aangevallen...' stamelde hij. 'Het is vr-vr-vreselijk! Ik wil een aanklacht indienen tegen die l-lafaards! Met z'n allen tegen één...'
Het gezicht van de beambte betrok.
'Wat denk je wel?' vroeg hij. 'Natuurlijk met z'n allen tegen één. Anders kan je toch niet winnen? Mot je mij hebben? Nou moet je es luisteren. Ik zal je wat vertellen. Je bent een rare. Je ziet er gek uit. Geef me je nummer maar. Ik ga jou es haarfijn uitpluizen.'

Hoewel heer Bommel ernstig bezeerd was in de vechtpartij stond hij waardig op om de politiebeambte op zijn plaats te zetten.
'Het is heel treurig, wat hier gebeurt,' sprak hij. 'Inplaats, dat men een bezoekend heer gul verwelkomt en verpleegt, slaat men hem onder ruwe taal tegen de grond. En wat doet de politie? Die wacht totdat de misdaad gepleegd is. Is dat orde handhaven?'
'Orde... eh... wat??' gromde de agent. Hij krabde zich onder de pet om beter na te kunnen denken – en hoe meer hij dat deed, hoe meer zijn gelaat betrok. 'Orde?' riep hij tenslotte boos. 'Ik zal jou es wat vertellen, met je dure praat. Je hoeft mij m'n vak niet te leren. Ik zorg, dat de lol van de Novo's niet gestoord wordt. Dat is orde!'
'Oh...' zei heer Ollie, terugkrabbelend. 'D-dat wist ik niet. Dit is een vreemd land voor mij, dat moet u niet vergeten...'
'Daar heb ik je!' snauwde de ander. 'Jij bent anders! Dat dacht ik direct al. Jij hoort hier niet thuis. Ik zal jou es wat vertellen. Jij gaat met me mee naar het bero. Je gaat je nummer opgeven.'

Heer Bommel werd een kaal en hol gebouw binnengeleid, waar een meerdere van muziek genoot.
'Zo,' sprak de agent, 'vertel het nou maar es aan de sersjant. Hij kan beter met dure praatjes omgaan dan ik.'
'En of,' gaf de hogergeplaatste toe. 'Daar heb ik mijn vertaalmesjientje voor. Wat is je nummer en wat doe je al zo? Wat moet dat geruite jasje? Langzaam praten.'
'Ik ben een heer en geen nummer,' zei heer Ollie. 'Mijn naam is Bommel en ik ben hier in dit land onheus behandeld.'
Daarop vertelde hij in korte trekken wat hem was overkomen, waarbij hij niet weinig gehinderd werd door de zanger, die op het televisiescherm aan het werk was. De sergeant luisterde echter aandachtig en drukte van tijd tot tijd op een toets van het toestelletje dat op zijn bureau stond.
Toen heer Ollie tenslotte uitgeput zweeg drukte hij een knop in en nu begon een metalen stem uit een luidsprekertje te dreunen.
'Heer,' sprak de stem 'uitslover. Denkt achterstevoren. Stand; slecht soort. Teer gestel; kneusje. Lafheid; verstandig inzicht.'
Het apparaat was nog lang niet uitvertaald, doch de agent en de sergeant barstten in zo'n luid gelach uit, dat het niet langer verstaanbaar was.
'Nou, jij bent er eentje!' sprak de hoogstgeplaatste beambte tenslotte. 'Rijp voor de school. Breng hem weg. Nul Dertig!'

De agent greep heer Ollie in de kraag en voerde hem naar buiten. Daar hingen enige omstanders rond, die de beklagenswaardige nieuwsgierig gadesloegen.
'Een heel rare,' verklaarde de ambtenaar. 'Hij zegt, dat hij een omgekeerd denkende uitslover is, zegt hij. Een slecht soort, zegt hij. Hij is een kneusje, zegt hij.'
'Dat heb ik niet gezegd!' riep heer Bommel.
De politiebeambte duwde hem hoofdschuddend in een gereedstaand voertuig en begon op enige knoppen te drukken.'
'Het is maar goed dat je hier bent terechtgekomen,' zei hij. 'Hier in Novo zullen we je wel gladstrijken. Hou je vast!'
Deze laatste waarschuwing was wel nodig, want na het indrukken van de laatste knop zette de wagen zich met zó'n snelheid in beweging, dat de inzittenden achterover werden gedrukt.
'Pas op!' riep heer Bommel nog. 'Er komt verkeer van rechts.'
Het was echter reeds te laat. Het voertuig waarin hij gezeten was boorde zich met een daverende slag door de voorligger heen, zodat die in twee stukken uit elkander spatte.
'Pliesiewagens hebben altijd voorrang,' legde zijn begeleider rustig uit. 'Dat moet iedereen weten.'

Tom Poes was een eind verder op de kust aangespoeld dan heer Ollie, maar omdat hij een gunstige stroom had gehad, was het nog nacht, toen hij uit zijn fust kroop.

'Zo,' prevelde hij, 'dit is dus Novo. Ik zal goed opletten, want hier moet veel te leren zijn. Maar eerst moet ik zien dat ik wat te eten krijg; die zeereis was geen lolletje.'

Met deze gedachte liep hij naar een woning, die zich niet ver vandaar in het maanlicht aftekende, en klopte aan.

Na enig wachten werd de deur voorzichtig geopend en de bejaarde bewoner vertoonde zich vreesachtig op de drempel.

'Oooh... eh...' sprak deze. 'Een rare! Eh... je hebt toch geen... eh... gevoel voor humor?'

'Ik weet niet wat u bedoelt,' zei Tom Poes. 'Ik ben hier in de buurt aangespoeld en ik ben niet zo goed op de hoogte met het nieuwe denken, ziet u?'

'Aangespoeld?' herhaalde de grijsaard. 'Dat is verdacht. Maar kom er even in. Ik eh... ik dacht dat je mijn huis om wilde gooien. Laten we nou wel wezen. We moeten met onze tijd meegaan.'

Tom Poes stapte het kale vertrek binnen en keek nieuwsgierig om zich heen. Maar veel tijd daarvoor kreeg hij niet. De bejaarde gastheer boog zich over hem heen om hem door zijn brilletje nauwlettend op te nemen. Het was duidelijk dat de oude zenuwachtig was.
'Net wat ik dacht!' sprak hij beverig. 'Je bent anders. Dat is gevaarlijk voor mij. Laten we nou wel wezen. Vanavond liepen er nog een paar jongens van de Hopbende om mijn huis heen. Die zijn altijd op een verzetje uit.' —
Wat hij daarmee bedoelde zal de lezertjes duidelijk zijn, wanneer ze een blik naar buiten werpen. Want daar bewogen zich in het maanlicht een paar figuren die loerend naar het verlichte huisje keken.
'Die ouwe Nulnul Zevenenvijftig,' sprak er een. 'Hij is nog op. Laten we een lolletje hebben.'
'Wow,' gaf de ander toe. 'Laten we een lolletje hebben.'
Met deze woorden greep hij een boomstam en begon die in de richting van het huisje te slepen. De gevolgen waren al spoedig merkbaar. Want voordat Tom Poes om nadere uitleg had kunnen vragen, kwam het zware voorwerp met zo'n kracht tegen de deur aan dat de wand geheel doorboog.
'Daar heb je het,' jammerde de gastheer opspringend. 'Een grapje.'

De dreun werd door andere gevolgd zodat de muur ernstige scheuren begon te vertonen. De gastheer trok zich schuw in een hoek terug, waar hij met een gemaakte glimlach naar zijn splijtende woning keek.
'Een grapje,' prevelde hij met trillende lippen. 'Jongens van de Hopbende. Willen een verzetje. Jeugd moet zich uitleven. Laten we nou wel wezen...'
'Uitleven, he?' zei Tom Poes, die het gedaver begon te vervelen. 'Dan weet ik nog iets leukers.'
Met deze woorden opende hij de deur, net op het moment dat de jongens van de Hopbende er met hun balk tegenaan wilden rammen. Nu ze echter geen hindernis meer op hun weg vonden, daverden ze ongeremd het kale interieur binnen. De voorste trachtte nog af te remmen, maar hun snelheid was zó groot, dat ze in galop het vertrek doorkruisten en met een zware dreun tegen de overliggende wand stieten. Op deze klap was het eenvoudige metselwerk niet berekend. Het boog door en stortte toen gedeeltelijk in, de beide grappenmakers onder het puin bedelvend. Nu viel er een stilte, die slechts verbroken werd door het suizelen van de wind en het rollen van de branding.
De bewoner hief voorzichtig het gelaat op vanachter de stoel die hij als schild gebruikte en keek verwezen naar het toneeltje.

De maan scheen vredig door de ingestorte muur naar binnen, maar de rust werd alweer verstoord door een beginnende beweging in de puinmassa.
'W-waarom heb je dat gedaan?' vroeg de grijsaard bijna schreiend. 'Nu hebben die jongens zich pijn gedaan!'
'Hun eigen schuld,' zei Tom Poes. 'Als u me nu even helpt, zullen we ze met die balk het huis uit jagen, en dan...'
De ander liet hem echter niet uitspreken.
'Ik dacht het wel!' riep hij klagend. 'Je hebt lef! Maar daarvan zijn we hier niet gediend. Laten we wel wezen! Dat leidt alleen maar tot ellende. Die jongens verveelden zich. Hadden zin in een verzetje. Hoe gaat dat?'
'Een mooi verzetje,' zei Tom Poes.
'Ze moeten zich toch ergens uitleven,' jammerde de oude. 'Dat doen ze graag hier, bij mij. Het geeft nog een mooi doel aan mijn leven. Wat moet je verder wanneer je oud bent? Jij bent onsosiaal! Ga weg!'
Tom Poes keek aarzelend naar de puinhopen waaruit de jongens van de Hopbende zich begonnen los te maken. Toen haalde hij de schouders op en liep het huis uit, dat al spoedig achter hem in elkander werd geslagen. Hij begon te begrijpen, dat hij nog maar weinig inzicht in het Nieuwe Denken had.

Toen hij een eindje langs het strand gelopen had ging hij dan ook op een steen zitten om na te denken.
'Het is niet zo gemakkelijk,' mompelde hij. 'Iemand helpen is hier gevaarlijk. Moed is dom in dit land, want je kunt er narigheid van krijgen. En kapot maken is grappig. Hm...'
Op dat moment hoorde hij achter zich een schuifelend geluid en toen hij zich verschrikt omdraaide zag hij een groot gelaat, dat hem zonder uitdrukking aankeek.
'Hela!' riep hij opspringend. 'Wat wil je?'
'Niets,' sprak het hoofd met doffe stem. 'Ik ben geen grappen van plan. Ik ben veel te blij.'
Met deze woorden verhief het zich totdat het op de rots stond en toen stapte het voorzichtig naar beneden. Tom Poes zag nu, dat het een klein figuurtje was, dat een groot masker droeg, zodat het nogal in zijn bewegingen belemmerd werd.
'Eindelijk iemand, die ook anders is,' zei de vreemde gedaante. 'Daarom ben ik blij.'
'Hm,' zei Tom Poes, 'die vermomming van jou vind ik maar een slechte, hoor. Iedereen kan zien, dat je gezicht namaak is.'
'Dat geeft toch niet?' riep de ander verbaasd uit. 'Het gaat er om hoe je er van buiten uitziet. Wat er binnen in zit is van geen belang. Maar nou moet je eens horen. Misschien kan je me helpen. Ik ben hier maar als vrouw alleen. En omdat ik een vreemde ben, kan ik niets beginnen.'

'Waarmee kan ik je helpen?' vroeg Tom Poes. 'Ik weet nog niet zo veel van het Nieuwe Denken en ik moet zelf ook nog leren.'
'Daar gaat het niet om,' zei het masker met doffe stem. 'Ik zit in de war over mijn verloofde. Hij is gewoon, maar ik ben anders. Dat is natuurlijk gek. Daarom hebben ze hem opgepakt; hij is naar de Aanpasserij gebracht. Dat was te verwachten. Maar het is wel heel moeilijk voor mij als meisje alleen in een vreemd land.'
'Dat lijkt mij ook,' zei Tom Poes. 'Maar wat kan ik er aan doen? Ik ben maar een vreemdeling – zonder masker nog wel.'
'We willen vluchten,' legde de dame uit. 'Naar een ver land met achterlijke wetten. Maar eerst moet mijn lieve Nulnegen Nul weer vrij zijn. Negenoogje noem ik hem. Leuk, hè?'
'Erg leuk,' mompelde Tom Poes. 'Hm, ik zal zien, wat ik voor je doen kan. Maar eerst moet ik een soort vermomming hebben.'
'Dat kan!' riep het meisje uit. 'Ik heb nog een hoofd over! Kom maar mee!'
Zo sprekende sprong zij op en sloeg een weg in die naar het binnenland leidde. Tom Poes volgde haar met gemengde gevoelens. Hij begon zorgen over heer Ollie te krijgen, want hij vreesde dat die het moeilijk zou hebben, als hij ook in deze buurt geland was.

Het was een lange wandeling en de zon kwam al op toen er eindelijk een huis in het zicht kwam.
'Het is mijn zondags hoofd,' sprak de dame met doffe stem onder het masker. 'Het is heel mooi uitgevoerd, met echt haar. Zolang je het op hebt zal je geen last krijgen. Het bewijst, dat je aangepast bent, voel je wel?'
'Hm,' zei Tom Poes. 'Aangepast aan wat? Zo'n hoofd bewijst niets, zou ik denken. Maar ik ben maar een vreemdeling hier.'
'Ja, dat ben je zeker,' gaf het meisje zuchtend toe. 'Je praat erg stom. Houd je mond maar zoveel mogelijk, dan val je niet zo op. Voor mij is de hoofdzaak, dat je mijn lieve Negenoogje uit de Aanpasserij haalt. Kom maar binnen.'
Tom Poes volgde haar en niet lang daarna trad hij weer naar buiten in de vroege morgenzon. Maar ach, wat was hij veranderd! Zijn gezicht was weliswaar geheel aangepast, maar daaronder was het donker en benauwd, zijn gezichtsveld was erg beperkt en een zwaar hoofd had hij er ook in.
Vervuld van zwaarmoedige gedachten liep hij de weg op, zonder acht te slaan op de goede wensen die zijn gastvrouw hem nariep. '090 uit de Aanpasserij halen,' mompelde hij binnenshoofds. 'Negenoogje. Wat ben ik begonnen? Ik zou het nooit beloofd hebben als ik niet bang was, dat heer Bommel daar ook moet zijn. En in deze uitrusting kan ik het tenminste uitvinden...'

Hij schrok op uit zijn gepeins toen hij achter zich een snel naderend geloei vernam. Zonder erbij te denken sprong hij opzij van de weg af, en dat was zijn behoud. Want op hetzelfde moment raasde een vreemd voertuig langs hem heen, dat een breed spoor van uitlaatgassen en stofwolken naliet.
In een flits zag hij, dat er twee inzittenden waren. De ene droeg een uniformpet en de andere kwam hem bekend voor.
'Zag je die geruite jas?' riep een opgewonden voorbijganger, een eindje verderop.
'En dat hoofd!' vulde de tweede aan. 'Die gaat naar de Aanpasserij. Dat is vast!'
'Het is te hopen,' meende de eerste. 'Als zulke lui vrij konden rondlopen zou onze Kul Tuur gauw verdwenen zijn. Laten we nou wel wezen. Terug naar de Oude Tijd. En waar zijn we dan?'
'Nergens,' gaf de ander toe. 'Dan moet er weer gewerkt worden. En gedacht. Of hoe ze dat noemden. Je weet wel.'
Tom Poes had het gesprek uit de verte gevolgd, doch nu luisterde hij niet langer.
'Die wagen gaat naar de plaats waar ik wezen moet,' dacht hij. 'Ik zal proberen het spoor te volgen.'
En met dit voornemen bezield begon hij achter het voertuig aan te hollen.

Heer Bommel was langs Tom Poes geraasd, zonder hem te herkennen – en dat was geen wonder. Het aanpassingshoofd van zijn jonge vriend verborg diens bekende gelaatstrekken, en bovendien had heer Ollie het te druk met zijn eigen zorgen.
'Dit is geen rijden!' riep hij uit. 'Houd dan tenminste het stuur vast!'
'Niks stuur,' gromde de opbrengende beambte. 'Sturen is te moeilijk. Daar hebben we hier mesjienes voor. Elektrieke golven; of hoe ze dat noemen. Je weet wel.'
'Dat is gemakkelijk gezegd!' riep heer Bommel bitter uit. 'Maar waar sturen die golven ons dan heen? Het is mijn recht als heer om dat te weten! Ik wil mijn rechtskundige raadsman spreken. Ik heb invloedrijke relaties – en die zullen zorgen dat mij recht geschiedt. Men kan iemand van mijn stand niet op klaarlichte dag tegen de verkeersregels in ontvoeren!' Nu raakte de begeleider zijn geduld kwijt.
'Schei uit!' snauwde hij. 'Ik word moe van je praat. Reuze moe. Ik houd er niet van. Je wilt me zeker laten denken, hè? Zodat ik fouten maak, hè? Niks hoor. We zijn er trouwens. Daar is de Aanpasserij.'
Hij wees op een hoge muur, waar het voertuig met grote snelheid op af koerste. Gelukkig opende zich automatisch een hek in het metselwerk, zodat het gevaar van een botsing vermeden werd.

Het voertuig raasde een ruime binnenplaats op en hield toen uit zichzelf stil voor een groot, kaal gebouw.
'We zijn er,' sprak de agent opgewekt, terwijl hij uitstapte. 'Gelukkig is er net op tijd geremd. Dat valt dus alweer mee. Kom er maar uit.'
'Het bevalt me hier niet,' zei heer Ollie aarzelend. 'Dit lijkt me te veel op een gevangenis. Ik wil mijn advocaat spreken.'
'Kom er nou uit!' herhaalde de ander ongeduldig. 'Dit is gewoon maar de Aanpasserij. Er zal je niks gebeuren. Alles is hier alleen maar in je eigen belang. In dit land maken we iedereen gelukkig.'
'M-maar wat waren dat dan voor figuren, die ik daarnet zag?' hield heer Bommel aan. 'Ze leken erg op dwangarbeiders, als u begrijpt wat ik bedoel.'
'O, die,' zei de beambte onverschillig. 'Dat waren kneusjes, laten we wel wezen. Die worden een beetje aangepast. Kom er nou maar uit. Er zal je niks gebeuren. Op mijn erewoord.'
Deze laatste verzekering stelde heer Ollie een beetje gerust. Hij stapte uit het voertuig en strekte de benen. Op hetzelfde moment zwaaide de agent een grote vuist omhoog, zodat de ongelukkige getroffen onderuit zakte.
'Die is tenminste rustig,' stelde de ordebewaarder tevreden vast, terwijl hij weer in zijn wagen stapte en op een knop drukte.
Het voertuig stoof loeiend weg; heer Bommel in een stofwolk achterlatend. Hij bleef echter niet lang alleen. Uit het gebouw snelden een paar onaangepaste figuren toe om bijstand te verlenen.

De Aanpasserij was een heel nuttige instelling, die geleid werd door een paar lieden van naam, Loosgeest Vijftien en Zagtbol Negen geheten. Het waren zogenaamde geleerden, die de kunst van het lezen en schrijven machtig waren en uit de oude boeken menig idee hadden opgedaan. Bij deze geletterden nu werd heer Bommel binnengedragen en voorzichtig op een bank gelegd.
‘Een treffend geval van vreemdeling,’ sprak Loosgeest 15, terwijl hij een injectiespuit vulde. ‘Ergens moeten wij voorzichtig zijn. Dus.’
‘Kalmeren,’ vulde Zagtbol 9 aan. ‘Ik bedoel... kalmeren. De kul tuur wordt gauw bedorven door vreemden. Kalm laten denken, dus. Héél kalm.’
‘De hersens goed doorspoelen,’ mompelde de eerste en hij hield zijn injectiespuit tegen het licht om de inhoud te monsteren. ‘Ergens het brein wassen. Mijn idee.’
Het is duidelijk, dat het er niet goed uitzag voor heer Ollie. Maar gelukkig was Tom Poes onderweg, al had die dan ook geen idee, hoe hij te werk zou moeten gaan.
‘Het zal niet makkelijk zijn,’ mompelde hij onder het geperste papier. ‘Heer Ollie is er net binnengebracht en bovendien zit Nul Negen er gevangen. De vraag is hoe ik die twee uit die Aanpasserij krijg. En hoe kom ik er binnen?’
Hij werd in zijn gedachten gestoord door het naderende gebrul van een der voertuigen, die in Novo het landschap sierden.

Tom Poes hield de pas in en draaide moeilijk het zware hoofd om. Door zijn mondspleet trachtte hij een blik op de inzittende te werpen, maar deze maakte het hem gemakkelijk door naast hem te remmen.
'Hoy,' sprak hij beleefd, terwijl hij het portier opende. 'Een rare, zo te zien. Aangepast, durf ik wedden. Wat ben jij er voor eentje? Kan je zingen? Breng je wat nieuws? Zet dat masker eens af. Misschien kan ik je ontdekken.'
Tom Poes aarzelde. Zijn ervaringen in dit land hadden hem achterdochtig gemaakt en daarom deed hij voorzichtig een pasje terug.
'Wees maar niet bang,' hernam de onbekende. 'Ik ben een Idool Maker. Altijd op zoek naar nieuw talent. Je kent dat. We hebben hier veel behoefte aan ontspanning. Er wordt hier niet gewerkt, zodoende. Idolen, moeten we hebben. Zet dat ding maar af, ik zal je niet verraden.'
Tom Poes gehoorzaamde, doch nu maakte de ander een ontevreden gebaar.
'Nee,' zei hij. 'Niets voor mij. Een kale troep. Ik zoek iemand met persoonlijkheid. Een jas bijvoorbeeld. Als je zo iemand kent, moet je het zeggen. Ik maak hem groot, man!'

‘Ken je zo iemand?’ drong de vreemdeling aan. ‘Je kunt het mij rustig zeggen. Ik zal hem niet verraden. En jou natuurlijk ook niet, hahaha. Erewoord!’
Deze woorden brachten Tom Poes op een idee waarmee hij geen kwaad kon, naar hij meende.
‘Ik weet wel zo iemand,’ zei hij nadenkend. ‘Het is een vriend van mij, die een ruitjesjas draagt. Hij zit in de Aanpasserij. Wat dat voor iets is, weet ik niet maar...’
‘De Aanpasserij!’ riep de ander uit. ‘Natuurlijk! Dat had ik kunnen weten!’
Met deze woorden sprong hij in zijn voertuig terwijl hij snerpend op een politiefluitje blies.
‘Veiligheid voor alles,’ zei hij, het portier sluitend.
Tom Poes keek de weggierende wagen onthutst na en greep naar zijn masker.
‘Erewoord,’ prevelde hij bitter. ‘Het was dom van mij om daarop te vertrouwen in dit land van het Nieuwe Denken. Ik kan beter zorgen, dat ik weg kom.’
Het was echter te laat. Van achter de rotsen raasde een mobiel van de politie nader, aangelokt door het gefluit.

Tom Poes zette haastig zijn masker op en rende voort. Met opzet koos hij zijn weg langs steile rotsen en over ruwe stenen, zodat het politievoertuig hem niet volgen kon. Maar de agent liet zich hierdoor niet afschrikken. Hij sprong uit zijn wagen en zette te voet de achtervolging in met een snelheid, die men van de zwaargebouwde beambte niet zou hebben verwacht.
Nu wilde het geval, dat zich op de achtergrond enige voorbijgangers ophielden, die in hun lediggang naar een verzetje omzagen. Door zijn ervaringen in dit gebied had Tom Poes al zoveel geleerd, dat hij daar zijn voordeel mee deed. Hij sprong midden tussen het groepje en riep: 'Een diender! Het is er maar één! Laten we een lolletje met hem hebben!'
Dit idee vond onmiddellijk ingang. Het drietal stiet een vrolijke kreet uit en zette zich log in beweging in de richting van de naderende ambtenaar. Deze koos onmiddellijk eieren voor zijn geld en aanvaardde de terugtocht.
'Dat is niet zo mooi van mij,' dacht Tom Poes, terwijl hij de joelende groep bezorgd nakeek. 'Het Nieuwe Denken heeft mij al aardig te pakken. Ik hoop nu maar, dat die agent op tijd zijn wagen bereikt. Deze lui hebben wel erg veel gevoel voor humor.'

Toen heer Bommel tot bezinning kwam en de ogen opsloeg zag hij twee figuren, die zich dreigend over hem heen bogen. Hun witte jassen verrieden hem, dat hij geleerden voor zich had en verontrust schoot hij overeind.
'W-w-waar ben ik?' stamelde hij. 'Ik b-ben niet z-ziek, bedoel ik... Het was de po-politie! Ga weg met die spuitjes! Ik heb geen dokter nodig. Ga weg!'
'Wij zijn geen dokters,' zei Zagtbol Negen misprijzend. 'Dit hier is dus de Aanpasserij en we gaan alleen maar even je brein wassen!'
'Ergens even de hersens spoelen,' vulde Loosgeest Vijftien aan.
Deze uitleg gaf heer Ollie zijn kracht geheel terug...
'Hier wordt niet gewassen of gespoeld,' sprak hij waardig. 'Een heer van mijn stand komt altijd proper en fris voor de dag, dat moest u weten. Er is een misverstand in het spel. Breng me naar de directeur-geneesheer!'
De beide geleerden lieten onthutst hun prikgerei zakken en keken elkander wat besluiteloos aan. Voordat ze echter tot een daad hadden kunnen komen trad er een nieuwe figuur binnen, die opgewekt groette.
'Hoy,' riep hij vanuit de deuropening. 'Ik zie het al. Net wat ik zocht. Een geruite jas! Wat een persoonlijkheid!'
'Ziet u wat ik bedoel?' vroeg heer Bommel, terwijl hij zich voorzichtig van de bank liet zakken.

De beide geletterden schonken hem echter geen aandacht meer; ze luisterden oplettend naar de nieuw aangekomene, want de Idoolmaker was een vooraanstaand iemand op het eiland Novo. En hoewel hij lezen noch schrijven kon, en dus geen geleerde was, werd hij door iedereen met grote voorkomendheid behandeld.

'Die daar heeft wat,' sprak hij. 'Met hem kan ik iets nieuws brengen. Een nieuwe richting. Daar is behoefte aan.'

'Tja,' mompelde Zagtbol Negen weifelend, 'maar hij is ergens zo anders, hè?'

'Helemaal niet aangepast,' vulde Loosgeest Vijftien aan.

'Daarom juist,' riep de Idoolmaker, die kortweg Im genoemd werd. 'We hebben iets nieuws nodig. We lopen dood, mannen. Open staan. Dat is het werk. Kijk maar in je boekjes, hahaha!'

'Ik weet het ergens niet,' prevelde Loosgeest. 'Een kul tuur waar teveel vreemde invloeden in komen gaat er aan. Dat heb ik dus ergens gelezen.'

Maar de Idoolmaker luisterde niet meer. Hij liep opgewekt naar de deur toe en trok heer Bommel met zich mee.

'Kom jongen,' sprak hij hartelijk. 'Ik heb je net op tijd ontdekt. Je toekomst is gemaakt. Kan je zingen? Niet? Des te beter.'

Hij duwde zijn gast het voertuig in, dat buiten wachtte, en hernam: 'Zo. Ga maar lekker zitten, dan zal oom Im eens gauw een persoonlijkheid van je maken.'
'Een Bommel is altijd een persoonlijkheid,' verklaarde Heer Ollie waardig. Doch de ander drukte op een knop, zonder aandacht aan zijn woorden te schenken, en de wagen zette zich loeiend in beweging. Het hek werd net op tijd geopend op dezelfde wijze als we reeds eerder hebben waargenomen, maar het werd niet direct weer gesloten. De ketting-ganger die voor het automatische bewegen zorgde keek het mobiel dromerig na en schudde het hoofd.
'Sommige Anderen krijgen toch maar alle kansen,' mompelde hij. 'En andere Anderen moeten zich aanpassen...'
Hij zweeg plotseling en staarde verwezen naar een kleine figuur die langs de muur nadersloop.
'J-jij hier?' stamelde hij. 'H-hoe durf je dat?'
Tom Poes keek hem door het masker even verbaasd aan, doch toen begreep hij plotseling wie hij voor zich had.
'Jij bent vast 090,' zei hij. 'Negenoogje, met andere woorden.'
Op het horen van de stem zakte de hekkensluiter weer in.
'Je lijkt erg op iemand die ik ken,' zei hij mat.
'Ik weet wie je bedoelt,' gaf Tom Poes voorzichtig toe. 'Want ik heb haar masker geleend. En ik heb beloofd, dat ik zou proberen je hier uit te krijgen.'

De hekbewaker keek treurig naar de ketting, die hij droeg en schudde het hoofd. 'Hier kom ik nooit uit,' zei hij op droeve toon. 'Ik houd van een Ander en daarom ben ik anders. Laten we nou wel wezen.'
'Ik wil het toch proberen,' zei Tom Poes. 'Maar eerst moet ik weten of je hier iemand in een geruite jas langs hebt zien komen.'
'Ja,' mompelde de ander lusteloos. 'Hij zat in de wagen van Im. Reed die kant op, naar de stad. Waar de Treffers vandaan komen. Je weet wel!'
Tom Poes wist het niet, maar hij besloot om het uit te gaan zoeken en daarom liep hij na een korte groet de kant uit die hem gewezen was. Zodoende kwam hij al gauw tussen enige kale gebouwen terecht die met luidsprekers verrijkt waren. Een hard muziekachtig geluid schalde over het kale toneel en een huilerige stem riep daar onverstaanbare woorden doorheen.
'Als dit Treffers zijn ben ik op de goede weg,' sprak Tom Poes tot zichzelf. 'Nu moet ik alleen heer Ollie nog zien te vinden.'
Toevallig bevond heer Bommel zich niet ver vandaar. Hij was uit het tot stilstand gekomen voertuig gestapt en keek met glazige ogen naar de schallende luidsprekers die aan een gevel hingen.
'Wat is dat voor lawaai?' vroeg hij.
'Dat is een Treffer,' legde Im uit. 'Maar dat soort heeft binnenkort afgedaan. We gaan iets nieuws brengen; jij en ik.'

Hij sloeg vertrouwelijk zijn arm om de schouders van zijn beschermeling en voerde hem met zachte drang het gebouw binnen. Om hem heen toeterde en dreunde het zodat de onthutste heer horen en zien vergingen. Maar tenslotte betraden ze een vertrek waarin stilte heerste.

'Hier maken we persoonlijkheden,' verklaarde zijn gids. 'Daar sta je van te kijken hè? Vroeger moesten ze werken en doen om iemand te zijn. Maar dat is allemaal niet meer nodig. Ouderwets voel je wel?'

'Ik... eh... vind het hier niet zo prettig,' zei heer Bommel, beklemd naar de omringende instrumenten kijkend.

'Dat komt wel,' suste de ander. 'Om te beginnen gaan we je eens uitproberen. 'De Kul Tuur uit je blazen, voel je wel? Dit is je leraar. Doe je best.'

Met deze woorden verliet hij de zaal en nu trad de aangeduide onderwijzer voorwaarts.

'Wat kan je zoal?' vroeg die. 'Pingelen, tjingelen of slaan? En wat is je tekst?'

'Onzin,' zei heer Ollie uit de hoogte. 'Ik ben een heer van stand – en mijn goede vader was altijd tegen dit soort dingen. Beschaafd piano-onderwijs is genoeg, zei hij altijd, en daar heb ik mij aan gehouden.'

'Die tekst is wel goed gek,' mompelde de leraar. 'Maar nog een beetje slap. We zullen het wat bijpunten. En dan stel ik slagwerk voor.'
Heer Bommel begon te begrijpen dat hij hier in een muziekfabriek geraakt was en een grote schrik maakte zich van hem meester.
'Ik wil niet,' riep hij met overslaande stem. 'Ik kan niet.'
'Een beetje plankenvrees?' vroeg de onderwijzer deelnemend. 'Dat hebben de besten, laten we nou wel wezen. Maar dat gaat er gauw genoeg uit. Even goed aanpakken.'
Met deze woorden trad hij op de bevreesde heer toe, greep hem om het middel en tilde hem met een gemakkelijke zwaai boven het hoofd.
'Slagwerk!' mompelde hij. 'De grote trom, dat geeft een volle klank.'
En voordat heer Ollie iets tot zijn verweer had kunnen inbrengen werd hij midden op een bovenmaatse drum geworpen. Het vel barstte, zodat hij tot aan de oksels in het instrument wegzonk, en daar zat hij nu. De schok bracht hem echter weer tot zichzelf en zodra hij zich het onwaardige van zijn positie bewust werd ontstak hij in grote woede.

Uitzinnig van drift, poogde hij zich uit het instrument te bevrijden, zodat zijn voetgetrappel hol door het koper weergalmde. Toen dit echter niet hielp begon hij met de vuisten op het trommelvel te beuken, en machteloos te schreeuwen.
'Woeaaaah!' riep hij. 'Kwillleruit!!'
'Een aardig ritme,' sprak de leraar. 'Een beetje hot: daar houd ik wel van.'
Hij bukte zich om een trompet op te rapen en daarmee zette hij zich gemakkelijk neder om er lucht in te blazen.
'Eruit!' loeide heer Ollie. 'Kwilleruit! D-dit is g-geen be-behandeling! Als mijn goede vader dit eens had gezien! Maakmelos! Je zult s-spijt krijgen! De toorn van een Bommel is... oempf!'
Hij zweeg even om adem te halen, doch de muziekonderwijzer die de melodie inmiddels gevonden had, nam het thema van hem over. En daar de musicerende heer onvermoeid doorging met het bebeuken van het trommelvel vormde het geheel een treffend samenspel.
'Een lekkere biet,' mompelde de Idoolmaker, die het gebodene in de luisterzaal op een televisiescherm volgde. 'Er zit pit in. De tekst is nog steeds wat slap, maar toch... die jongen komt er wel. We zullen het 'de toren van Bommel' noemen. Het wordt een toppop, dat is zeker. Een nieuwe klank.'

Heer Bommel's muziekoefeningen bleven ook buiten het gebouw niet onopgemerkt. Door middel van krachtige luidsprekers werd het geluid tot ver in de omtrek weergegeven. En daar vooral het drumwerk goed tot zijn recht kwam stroomden de luisteraars al spoedig van alle kanten toe.
'Een nieuwe biet!' verklaarde een van hen, die gehoor voor muziek had. 'En die tekst doet het wel.'
'Moet je horen,' vulde een ander aan. 'Kwilleruit! Maar wat is een goede vader?'
'Lekker gek!' meende een derde. 'Iets hoeft toch niet altijd iets te betekenen. Laten we nou wel wezen.'
En opgeruimd begon hij de melodie mee te fluiten.
Nu verscheen de Idoolmaker in de deuropening. Hij wierp een blik op de luisteraars en nam toen het woord.
'Ja, jongens,' sprak hij. 'We gaan iets helemaal nieuws brengen. Wij hier in Novo houden van het nieuwe denken. Nou dit is nieuw. En ik zal je es wat vertellen. Ik zal je een tip geven. Geruite jassen worden in!'
Dit bericht veroorzaakte enige beroering onder de kleine menigte – en Tom Poes die intussen in de buurt geraakt was, werd er door aangetrokken.

Enige ogenblikken luisterde hij oplettend naar het gedreun van de grote trom, die op eentonige doch krachtige wijze bespeeld werd. Daar bovenuit schreeuwde een rauwe stem onsamenhangende woorden als: 'Goede vader... heer niet aandoen... haalmeruit... ik zal je... wat ik bedoel...' zodat hij al spoedig begreep, dat het heer Bommel was die daar musiceerde. Zonder bedenken sloop hij naar de achterkant van het gebouw waar hij een blik om zich heen wierp om zich te overtuigen dat hij alleen was. Toen wierp hij vlug het masker af.
'Daar is een soort kelderraampje,' mompelde hij. 'Met een beetje geluk zal ik de plek waar heer Ollie zit, wel kunnen vinden.'
Dat was inderdaad niet moeilijk, want de muziekzaal bevond zich in het midden van het gebouw en de wanden lieten tamelijk veel geluid door. De krachten van de solist waren inmiddels echter uitgeput. Hij staakte het beuken en begon zich met vertrokken gelaat uit het trommelvel los te maken. Dit ziende besloot de leraar het optreden met een loeiende uithaal en daarop staakte ook hij het schuiven van zijn instrument.
'Niet slecht, laten we wel wezen,' sprak hij. 'Maar nou moet je es horen... Die tekst...'
'Ik moet niets horen,' riep heer Bommel rood. 'U bent geen heer! Ik heb er genoeg van!'
Zo roepende greep hij een slagbas, die daar in een hoek stond en hief die dreigend boven het hoofd. De onderwijzer hief verrast zijn trompet op om de slag af te weren, maar op dat moment klonk er plotseling een luide stem.
'Niet doen,' riep Tom Poes. 'Dat zou jammer zijn!'

Heer Bommel liet zijn instrument zakken en staarde ongelovig naar de onverwachte bezoeker. De leraar maakte daar gebruik van om zich naar Tom Poes te haasten.
'Net op tijd,' sprak hij. 'Mijn leerling wilde net een foute slag met de slagbas geven. En dat is geen werk. Eén tegen één; dat gaat niet, laten we nou wel wezen. Ken je hem?'
'Zo'n beetje wel,' zei Tom Poes. 'Hij kan wel wat, maar ik vond dit erg knap. Binnen een paar dagen is dit soort muziek in. Het lijkt me het einde om zo'n goeie leraar te hebben!'
Deze woorden deden de afgematte onderwijzer veel genoegen. Een brede glimlach verscheen op zijn trekken en hij blies zich een weinig op.
'Heel gewoon,' verklaarde hij. 'Vakwerk, weet je wel? Maar nou moet die kennis van je een beetje rileksen.'
Hij wendde zich voldaan om en verliet het vertrek om ergens een verfrissing te gaan gebruiken en Tom Poes haastte zich naar heer Ollie.
'Jonge vriend,' sprak deze op klagende toon. 'Waar heb je al die tijd gezeten? Als je eens wist wat ik allemaal heb meegemaakt... Ik heb...'
'Ik kan het me voorstellen,' zei Tom Poes haastig. 'Maar daar hebben we nu geen tijd voor. Ik heb een plan, maar dat is alleen maar uit te voeren wanneer u meewerkt, zonder boos te worden. Nu kunt u laten zien wat een heer van uw stand bereiken kan!'

Wat er tussen hen besproken werd zal het vervolg van deze geschiedenis ons leren. Maar een van de gevolgen was, dat heer Ollie in het vervolg vol overtuiging in de grote drum plaatsnam en daar met gebalde vuisten een straf ritme deed horen, dat hij met ongeschoolde stem begeleidde. Zijn tekst bleef een beetje slap, doch de kundige muziekleraar overspoelde het geheel met een loeiend geschuif van zijn trompet, zodat het geheel zeer bevredigend te noemen was. Het was vooral nieuw – en het valt dan ook niet te verwonderen dat de 'Toren van Bommel' al gauw een toppop was, terwijl heer Ollie zelf een voorbeeld voor de bevolking werd. Wanneer zijn programma door middel van openbare televisieschermen en luidsprekers het straatbeeld vulde, zag men meer en meer in geruite jassen geklede kijkers tussen de menigte. Maar de nieuwe richting werd niet overal met blijdschap begroet. Vooral in de meer ontwikkelde kringen stiet zij op tegenstand.

'Ik zie daar dat jij dus ook al zo'n geruite jas draagt,' sprak de geleerde Loosgeest Vijftien in de Aanpasserij. 'Je laat ergens je hersens spoelen door die vreemdeling. Dat is gevaarlijk! Wat moet er zo van onze kul tuur terechtkomen?'

'Ik draag dus wat ik wil!' verklaarde Zagtbol Negen op fiere toon. 'Ik ga met mijn tijd mee. Het Nieuwe Denken is altijd nieuw. Dus.'
'De gevolgen van die nieuwe trend zullen een beetje veel te gek zijn!' riep Loosgeest uit. 'Hij komt uit vreemde streken. Ergens kunnen we op die manier onze kul tuur niet zuiver houden. En dan nog wel geruite jassen. Waar moet het op die manier heen met de Aanpassing?'
Dat was inderdaad de vraag. Niet alleen werd het straatbeeld meer en meer door ruitjestextiel beheerst doch ook zag men er vreemdelingen die schaamteloos zonder masker rondliepen. Het is dan ook geen wonder, dat de overheid zich zorgen begon te maken.
'Dat wordt herrie,' zei de agent Nulnegen zorgelijk. 'Als het er nou één is wil ik er nog wel de knuppel op leggen. Maar de straat loopt vol met dat soort slabbers. Wat moet ik ermee, sesjant? Dit lijkt op vroeger, laten we nou wel wezen. Mij niet gezien. Voor mij is dit niet het Nieuwe Denken.'
'Mijn idee,' gaf zijn meerdere toe. 'Die lui gaan pret maken. Moet je es luisteren. Ik weet wat. We gaan een beetje met vakantie tot de lol over is. Daar horen we niet meer bij.'

Reeds enkele dagen deed heer Bommel nu wat Tom Poes hem gevraagd had. De gevolgen bleven niet uit; want zelfs zijn ontdekker, die hem op een avond te eten noodde, droeg een geruite jas.
'Het gaat goed, jongen,' sprak de gastheer. 'Je bent lekker in! Nog eventjes en je bent een idool. Dat is waar we heen moeten; laten we nou wel wezen.'
'Ja,' gaf heer Ollie toe. 'Dat is te zeggen; wat is eigenlijk een idool?'
'Nou, kijk,' legde de ander uit. 'Moet je horen. Een idool is In, voel je wel? Wat die doet, doet iedereen. Die pijp bijvoorbeeld. Die is goed. Die brengen we ook in. Roken was slecht, maar als jij een pijpje schuift, dan is het een trend.'
Heer Bommel wierp een verraste blik op zijn rookgerei, en een glimlach verhelderde zijn trekken.
'Dat is ook zo,' gaf hij toe. 'Een heer geeft altijd een goed voorbeeld. Daar kan men zich aan houden, als u begrijpt wat ik bedoel. Mijn goede vader zei...'
'Spaar je teksten tot de uitzending,' onderbrak de Idoolmaker. 'Tegen mij kan je gewoon praten. Maar nou moet je es luisteren. Vanavond, hè? Vanavond ga ik je aan het publiek voorstellen. In de Gehoorzaal van Novo. Dan gaat het er om, jongen. Dat moet top zijn!'
Heer Bommel keek wat verbaasd, maar het gezicht van Tom Poes, die bij de ingang stond, nam een zorgelijke uitdrukking aan.

'Op-Top,' verduidelijkte Im terwijl hij opstond en zijn hoed opzette. 'Nou moet je es goed luisteren. Dat moet goed zijn. Dat moet zó ontzettend reuze goed zijn, dat je de einde-top haalt! Toppop. Afgesproken? Tot straks dan.'
Met deze woorden verliet hij opgeruimd de eetzaal en liet heer Bommel onthutst bij de resten achter.
'Vanavond gaat het er dus om,' zei Tom Poes. 'In die Gehoorzaal zullen veel aanhangers van het Nieuwe Denken komen – en dat is uw kans. Dan moet u een goede redevoering houden. Zeg vooral, dat die Aanpasserij en die hele Idoolbeweging onzin is.'
'Ik weet wat mij te doen staat,' sprak heer Ollie knikkend. 'Maar toch... eh... Soms denk ik... Ik bedoel.... eh... Waarom is het onzin, wanneer men een Bommel als voorbeeld kiest?'
'Als we deze lieden willen helpen, moeten we een einde maken aan het Nieuwe Denken,' drong Tom Poes aan. 'Want dat is geen denken, alleen maar naäpen – en u bent de enige, die daar wat aan kan doen.'
De Idoolmaker, die natuurlijk niets wist van deze opruiende taal, had inmiddels de uitgang van het gebouw bereikt en daar trof hij enige vrienden aan.
'Het gaat goed,' verzekerde hij. 'Na vanavond zal het nog beter gaan – en de volgende week zitten we in de bovenste trend – top!'

Men moet zo'n uitvoering in de Gehoorzaal van Novo niet te laag aanslaan. Iedereen, die Iemand is, gaat daar naar toe om op de hoogte van het Nieuwe Denken te blijven en om zodoende te weten, wat hij denken moet. Toen de avond dan ook was gevallen en de lichten, die om een beeltenis van heer Bommel waren aangebracht, aan- en uitflitsten, bewoog zich een dichte menigte voor de ingang van het gebouw. Voor een vreemdeling bood het een enigszins eentonige aanblik. Alle bezoekers droegen dezelfde geruite jassen en ook overigens was er in hun uiterlijk weinig afwisseling te bespeuren. Maar allen werden ze bewogen door een sterke ontroering die door grote beweging en luid geschreeuw tot uitdrukking kwam. Het was duidelijk, dat heer Ollie In was.

Toen het voertuig van de Idoolmaker dan ook voorreed en zich opende om de bekende popfiguur te laten uitstappen, ontstond er een wild gedrang. Heer Bommel wierp een bevreesde blik op de omstanders en trachtte onopvallend de ingang te bereiken. Dat viel echter niet mee; krachtige handen trokken aan zijn jas en het getier, dat de lucht vulde, belemmerde zijn gedachtenloop. Maar hij zette moedig door.

'Hier moet een boodschap doorgegeven worden,' prevelde hij met opeengeklemde kaken. 'Deze lieden moeten door een mooi voorbeeld tot beter denken worden gebracht. Ik zie mijn plicht.'

Gedreven door deze gedachte geraakte heer Ollie, met behulp van de Idoolmaker op het toneel. En daar ademde hij verlicht op. In de zaal achter het gordijn spoelde het publiek schreeuwend en joelend naar binnen, maar hier was het vredig, zodat hij zijn gedachten terugvond.
'Een boodschap,' prevelde hij. 'Van een heer. Over naäpen.'
'Zit je tekst goed?' vroeg zijn ontdekker gespannen. 'Heb je lekker de zenuwen? Maak je vooral druk, jongen, dat gaat er altijd in. Nou moet je es luisteren. Spring meteen in die drum. Dat is een goeie gangmaker. En dan de Toren van Bommel, je weet wel...'
'Wees gerust,' sprak heer Ollie glimlachend. 'Ik ken mijn taak. En het is niet de toren, maar de toorn. De toorn van een heer, als u begrijpt wat ik bedoel.'
'Als het maar zit,' zei de ander, niet geheel gerust. Toen repte hij zich echter achter de coulissen, want op dat moment spleten de gordijnen vaneen, zodat de fiere gedaante van de kunstenaar zich aan het publiek vertoonde.
De verstilde glimlach plooide nog steeds zijn trekken en zijn verschijning maakte zoveel indruk, dat een diepe stilte over het gehoor nederdaalde. In plaats van echter spontaan in de grote trom te springen, zoals de verwachting was, deed de optredende heer een pasje voorwaarts.

'Geachte toehoorders,' begon hij. 'Zo zijn we dus bijeengekomen om te luisteren naar de boodschap die ik, als heer en als Bommel, u brengen zal. Ik zie mijn taak, als u begrijpt wat ik bedoel. Even kijken... waar was ik? Het naäpen, juist. Kijk; mijn goede vader zei altijd...'

In de zaal begon het rumoerig te worden. Er stegen kreten op als: 'Het slagwerk!'; 'Waar is de biet?' en dergelijke. De Idoolmaker, die met de muziekleraar tussen de coulissen toekeek, begon het dan ook warm te krijgen.

'Hij vergeet de instrumentatie!' fluisterde de onderwijzer en de ander voegde er nerveus aan toe: 'Zijn tekst is altijd al slap geweest. Hij moet het van het ritme hebben, laten we nou wel wezen! Wat mankeert hem?'

'Ik wil maar zeggen,' hernam heer Bommel met verheffing van stem, 'dat die hele Aanpasserij onzin is. Een heer is een heer – en daar is er maar één van. Een heer gaat dapper zijn eenzame weg. Onverschrokken beschermt hij de zwakke en bestrijdt hij het onrecht...'

'Dat wordt te gek!' siste Im en de onderwijzer trad snel te voorschijn. 'Dan maar weer zoals de eerste keer,' mompelde hij. 'Dat doet het nog wel.'

Met dit voornemen hief hij de solist hoog op en wierp hem met een fraaie boog midden in de grote trom. Dit maakte een plotseling einde aan heer Ollie's toespraak. Niet alleen omdat de ondergane behandeling hem danig schokte, maar ook omdat het publiek in grote opwinding geraakte.

'Laatmelos!' brulde heer Bommel in grote drift. 'Kwilleruit!'

Zo roepende beukte hij met beide vuisten op het gebarsten trommelvel en stampte hij met de voeten op de binnenkant van het koperen vat, zodat een dof ritme de grote ruimte vulde. Op de maat daarvan rezen de toeschouwers overeind om het aanwezige meubilair in puin te slaan. Lampen kwamen kletterend omlaag, stoelen vlogen door de lucht en hier en daar was het ritmische geknerp van meegebrachte zaagjes hoorbaar.

'De toren van Bommel!' schreeuwde de menigte. 'Kwille ruit – kwille ruit! Lekkere biet!!'

'De toorn van een Bommel!' brulde heer Ollie daar tussen door. Maar de geestdrift was te hoog gestegen, er was niemand meer die naar hem luisterde en het krakend geluid van de vernietiging overstemde zijn woorden.

'Nou gaat-ie goed!' sprak de onderwijzer tussen de coulissen. 'Maar hij moet niet inzakken, laten we wel wezen.'

Heer Bommel's woede duurde maar kort. Het drong met een schok tot hem door, dat hij geen mooi voorbeeld gaf en daarom beheerste hij met grote moeite zijn ontstemming.
'Halt!' riep hij met krachtige stem. 'Stilte, bedoel ik. Wij moeten eens even rustig met elkander spreken...'
Het publiek vond het natuurlijk vervelend, dat er zo plotseling een einde aan het musiceren kwam. Er daalde dan ook een regen van rottend ooft en ledige flessen op het zangpodium neder. De kunstenaar liet zich hierdoor niet afschrikken.
'Ik moet mijn boodschap brengen,' prevelde hij, zich met enige moeite uit zijn instrument losmakend. 'Er ligt een taak voor me...'
Hij sprong op het toneel; maar helaas; een onbekende hand opende op dat moment een luikje in de vloer, zodat de concertgever onverwacht uit het gezicht verdween. Een hoge kreet en een donderende slag waren de laatste geluiden die men van hem vernam; daarop namen de geluiden uit de zaal de overhand.
Heer Ollie hoorde ze slechts vaag. Een schemerige duisternis omringde hem, toen hij tot zichzelf kwam – en hij was zich bewust van een hand, die hem driftig aan de kraag sjorde.
'Kom gauw, heer Ollie,' hoorde hij Tom Poes zeggen. 'We moeten opschieten! Er is geen tijd te verliezen, want binnenkort wordt alles hier afgebroken...'

Op de televisieschermen was nog slechts het verlaten toneel zichtbaar, dat langzamerhand met ontbindende vruchten en versplinterde meubels bedekt werd. Maar de boodschap, die van het tafreel uitging, bleef niet onbemerkt.
In de Aanpasserij bijvoorbeeld, had de geleerde Zagtbol Negen zich meester gemaakt van de sleutels en die zwaaide hij nu geestdriftig heen en weer.
'Aanpassen is onzin!' riep hij fier. 'Ik zie dus mijn taak! Alle hekken open en iedereen er uit. Dan zal je pas echt iets zien gebeuren! Nieuw Denken!'
Zijn collega echter keerde de beeldbuis de rug toe en schudde afkeurend het hoofd.
'Fout,' sprak hij. 'Die biet deugde ergens niet. Dat is geen nieuw denken, het is oud! Het woord 'heer' heb ik eens ergens in een verboden boekje gelezen. Laten we wel wezen, we gaan de verkeerde kant op!'
Maar de ander luisterde niet. Zwaaiend met zijn sleutels snelde hij de gang in om zich naar de vertrekken van de patiënten te begeven. En voordat Loosgeest Vijftien maatregelen had kunnen nemen, werden de hekken van de nuttige instelling geopend om doorgang aan allerlei kneusjes en geestelijk misvormden te verlenen.
Nu werd de stille avondlucht verscheurd door dravende voetstappen, opgewonden kreten en het gerinkel van een ketting. Dit laatste werd veroorzaakt door de portier die tot nu toe voor het hek gezorgd had en die bekend was onder de naam Negenoogje.

Tom Poes had heer Bommel door het kelderraam op straat gebracht en daar holden ze nu voort. Om hen heen was de bevolking doende zich uit te leven, want het gebodene op de televisie had de gemoederen sterk aangegrepen. Er waren velen die, teleurgesteld door de nieuwe biet, door onlustgevoelens bevangen werden op het zien van een geruite jas. Daardoor ontstonden natuurlijk vele vechtpartijen en overal klonk getier en het geluid van brekende voorwerpen.

'Hoe vreselijk is dit alles,' klaagde heer Ollie, die zich radeloos voorthaastte door het gebeuren. 'Revolutie, roof en plundering! Een omwenteling – en dat door mijn toedoen! Dit is het einde van een heer!'

'Het is allemaal een beetje mat,' sprak de Idoolmaker die nog steeds naast de muziekleraar tussen de coulissen stond. 'Ik weet niet of we het zullen halen. De Gebeurtenis valt me tegen jongen!'

De onderwijzer liet een vermoeide blik over het toneel glijden, dat nu haast geheel met vruchten en wrakhout bedekt was.

'Het is de echte geest niet,' gaf hij toe. 'Misschien was die Nul Bommel niet helemaal gek genoeg. Zijn tekst was slap, laten we wel wezen. Ik had die trompet er onder moeten gooien. Nu blijven de muren overeind. We halen het niet, net zo je zegt!'

Het was eb. De zee kabbelde rustig op het verlaten strand van het eiland Novo en de dunne sikkel van de afnemende maan bescheen het tafereel met een vaal licht. In dit bleke schijnsel bewogen de uitgeputte gestalten van heer Bommel en Tom Poes zich zoekend langs de waterlijn voort.
'Daar ligt een van de vaten,' zei Tom Poes oplevend. 'Het tij is gunstig en als we het nu in zee rollen, raken we in ieder geval van dit land weg voordat de menigte het in de gaten heeft!'
'We,' sprak heer Ollie bitter. 'Hoe kunnen we nu samen in dat ene vat! Nee, jonge vriend; het is allemaal mijn schuld, dat het zo verkeerd is afgelopen. Ga jij maar terug naar de beschaafde wereld en laat mij hier in de eenzaamheid achter...'
'Dat is niet zo'n goed idee,' zei Tom Poes. 'Ze zoeken niet mij, maar u. Kruip er nu maar vlug in voordat iemand u ziet!'
Zo pratende was hij doorgelopen en zag hij tot zijn vreugde achter een rots het andere fust liggen. Maar heer Bommel stond geschrokken naar twee figuren te kijken die uit de nacht opdoemden.
'D-die hebben mij gezien,' fluisterde hij met bleke lippen. 'Ik moet zorgen, dat ik weg kom!'

In de vroege morgenuren van de volgende dag kon men op het strand van Rommeldam twee vooraanstaande figuren waarnemen. Het waren de markies de Cantecler en burgemeester Dickerdack, die dit recreatiegebied kwamen bezichtigen voordat het toeristenseizoen aanbrak.
'Enigszins een bende,' sprak de magistraat hoofdschuddend.
'Het riekt kwalijk,' gaf de edelman toe. 'Het grauw heeft daar nu wel niet zo gauw erg in; maar toch...'
'Ik moet mijn vuil toch ergens laten!' mompelde de heer Dickerdack. 'Maar ik geef toe, dat het een beetje uit de hand loopt. Het wordt steeds erger.'
De markies zweeg. Hij had zijn lorgnon aan de ogen gebracht en staarde nu naar twee fusten die door de vloed en de branding op het oliestrand geworpen werden.
'Afval van het land, en aanslibsel uit de zee,' mompelde hij toen. 'De overheid zal toch moeten ingrijpen, amice!'
De ander knikte somber en begaf zich, gedreven door een begrijpelijke nieuwsgierigheid, naar de vaten, die zojuist waren aangespoeld. Ze bewogen zich een weinig – en uit een ervan klonk een krassend en bonkend geluid.
'Curieus,' prevelde de heer de Cantecler, halt houdend. Hij keek oplettend naar het deksel van de ton, dat langzaam geopend werd om doorgang te verlenen aan de verflenste en vervuilde gedaante van heer Ollie.
'Parbleu,' hernam de edelman, 'het is werkelijk stuitend wat er allemaal aanspoelt! Zoals ik zei: het wordt tijd dat de overheid ingrijpt!'

Heer Bommel keek verward om zich heen. Onder hem knerpten de glasscherven en om hem heen hing de geur van afval en aangespoelde olie. Het zien van de vertrouwde omgeving en de bekende personen, die zich daar ophielden maakte hem niet blij.
'Tom Poes,' riep hij klaaglijk. 'Waar ben je? Ik voel me niet goed!'
Nu opende ook het tweede fust zich en een kleine gedaante met een opvallend masker op, schoof naar buiten. Op hetzelfde moment werd er vanaf de zee een luid geroep vernomen – en daar dreven op een balk Tom Poes en een vreemdeling nader.
'Par exemple,' sprak de markies. 'Nu ziet ge waartoe de verwaarlozing van het strand leidt, amice! Een verzamelplaats voor a-socialen. Het is hoogst stuitend!'
De burgemeester keek onthutst toe, maar voordat hij zijn mening had kunnen geven werd de stilte verbroken door een luidruchtige begroeting.
'Negenoogje!' riep de gemaskerde hol en heer Bommel sprong met hernieuwde levenskrachten overeind.
'Jonge vrienden!' riep hij uit. 'Welkom in het vaderland! Nu is alle leed geleden!'

'Waar komen ze vandaan?' vroeg de heer Dickerdack zich af. 'Zou er een schipbreuk geweest zijn? Of gewoon maar een feestje?'
'Niets van dat alles,' sprak de markies koel. 'Daar is me die eh... Bommel met zijn trawanten aan het jutten, amice! Tussen het huisvuil moet veel waardevols voor dergelijke lieden schuilen.'
Zijn krakende stem klonk raspend over het strand en heer Ollie staakte, onaangenaam getroffen, zijn begroeting.
'Een heer jut niet!' riep hij uit. 'Dat moest u weten! Ik keer juist terug van een studie in het Nieuwe Denken, als u begrijpt, wat ik bedoel.'
Nulnegennul, die achter hem stond, begreep de zin van het gesprokene weliswaar niet, maar hij voelde, dat de stemming niet vriendschappelijk was.
'Moet je horen,' zei hij, heer Bommel aanstotend. 'Laten we een lolletje hebben. We zijn vier tegen twee, dus dat zit wel goed.'
'Nee, eh... nee,' zei heer Ollie haastig. 'Geen lolletjes. Het Nieuwe Denken heeft hier nog niet zo'n ingang gevonden, bedoel ik!'
De edelman wachtte het einde van dit gesprek niet af.
'Parbleu!' sprak hij. 'Van dat soort volk kan men van alles verwachten; zelfs lijfelijk geweld. Kom mee, amice.'
En met die woorden haastte hij zich met de magistraat naar de gereedstaande dienstauto.

Na hun vertrek lag het strand stil naar olie en afval te geuren en heer Ollie wierp een beklemde blik om zich heen.
'Terug in het vaderland,' mompelde hij. 'Dat is toch ook niet alles, jonge vriend. Ik bedoel...'
'Wacht eens,' zei Tom Poes, 'daar komt een oude bekende aan! De strandvoogd, u weet wel!'
En ja hoor. Van achter een der vuilnishopen verscheen een korte gedaante die ferm met een bel klepelde.
'Hoog water!' riep de verschijning. 'De vloed komt hoog! Voor tien uur binnen zijn!'
Heer Bommel bedacht zich niet en snelde naar Negenoogje en de gemaskerde dame, die in een intiem gesprek gewikkeld waren.
'Horen jullie dat?' riep hij uit. 'De vloed komt op en dan worden we weer weggespoeld om het Nieuwe Denken te leren... Ik wil naar huis, bedoel ik! Kom vlug mee – en zet dat masker toch af!!'
Zonder te wachten of zijn woorden uitwerking hadden begon hij snel een vuilnis-duin te beklimmen, gevolgd door Tom Poes. De beide vluchtelingen uit Novo liepen een beetje aarzelend achteraan.
'Naar huis,' herhaalde de een. 'Wat is dat?' En de ander mompelde onder het karton: 'Masker afzetten! Dat gaat niet. Zonder masker voel ik me te bloot.'

Tegen het vallen van de avond stond de bediende Joost in een landerige houding in een hoek van zijn keuken. Op het fornuis pruttelden overkokende pannen en dichte dampen vulden het vertrekje met de verkwikkende geur van gaar voedsel.
'Het is zonde, als ik me zo mag uitdrukken,' mompelde de trouwe knecht. 'Reeds dagen lang bereid ik iedere avond een voedzaam maal, zonder dat heer Olivier op komt dagen. Zo gaat dat nu altijd. Die maaltijden zijn goed en wel, maar ze zijn een verspilling! Het wordt tijd, dat heer Olivier eens een beetje moderner gaat denken, wanneer ik zo vrij mag zijn.'
Op dat moment werd hij in zijn somber gepeins gestoord door het geluid van stemmen buiten. En toen hij zich uit een venster boog zag hij zijn meester met Tom Poes en twee vreemdelingen door het maanlicht huiswaarts keren.
'Dag Joost!' riep heer Bommel opgewekt. 'Is het eten klaar?'
'Altijd,' antwoordde de bediende, een weinig humeurig. 'Dat weet u toch? Ik vroeg me juist af, als het niet te impertinent is, of u niet een weinig eh... moderner wilde gaan denken...'
Daar keek heer Ollie van op.
'Jij ook al?' antwoordde hij. 'Moderner denken? Dat is niets voor een heer van mijn stand, Joost! Ik kan het weten, want ik heb het bestudeerd!'

Heer Bommel leidde zijn gasten naar de eetzaal en schonk een glas in, om een dronk uit te brengen.
'Op de behouden thuiskomst,' begon hij. 'Welkom in Bommelstein, bedoel ik. Ik hoop, dat jullie je hier thuis zullen voelen. Ik doe het wel. Het lijkt nu wel prettig om een Idool te zijn, maar een heer mist in Novo toch wel vele dingen, die het leven aangenaam maken. Wat jij, Tom Poes? Welk een armoede van ideeën hebben wij aangetroffen – en welk een pover taalgebruik. En dan de manieren...'
Hij pauzeerde even om een teug te nemen en de dame, die eindelijk haar masker had afgezet, wiebelde wat ongemakkelijk op haar stoel.
'Waar gaat het over?' vroeg ze zenuwachtig.
'Weet ik veel?' antwoordde Negenoogje, die nog steeds met zijn voetketting sukkelde. Hij boog zich over de tafel en hernam: 'Het lijkt me onzin. En er is niet eens een biet bij. Moet je luisteren. Als iedereen hier zo praat wil ik weer terug. Ik ben hier niet gekomen om moe te worden. Laten we nou wel wezen.'
'Wees maar niet bang,' zei Tom Poes geruststellend. 'Het zal wel meevallen. Jullie taal wordt in dit land al veel gesproken. We beginnen hier ook nieuwer te denken.'

# DE MAANBLAFFERS

Op een dag vond heer Bommel een oude autotoeter in zijn schuur.
'Kijk, wat aardig,' prevelde hij. 'Die zat op de Oude Schicht, toen ik hem kocht. Ik weet nog, dat ik het ding er eigenhandig heb afgehaald bij het moderniseren. Maar toch is het een mooie toeter met een krachtig geluid. Kon ik er maar iets mee doen; voor een goed doel, bedoel ik.'
Zo mompelend liep hij peinzend naar buiten en daar werd zijn aandacht getrokken door de naderende gestalte van Wammes Waggel. De eenvoudige ondernemer had zijn handel in warme worstjes vaarwel gezegd en was achter enige trekvogels aan naar het noorden getrokken om na gedane arbeid wat pret te gaan maken. Maar dat viel tegen; het was nog koud en guur en daarom verveelde hij zich een beetje.
'Hihihi!' riep hij getroffen uit, toen hij heer Ollie met het instrument ontwaarde. 'Dat is een enige zeg! Naar zoiets zocht ik nu net! Mag ik hem hebben?'
'Kijk eens aan,' zei heer Bommel verrast. 'Dat treft! Ik zocht er een mooie bestemming voor, en als jij er iets mee weet te doen is hij van jou! Gebruik hem goed, jonge vriend!'

Wammes Waggel bedankte recht hartelijk en huppelde weg, terwijl hij krachtig in de rubberbal drukte. Heer Bommel keek hem glimlachend na.

'Het is een prettig gevoel om iemand gelukkig te maken,' mompelde hij. 'Hoor nu eens aan, hoe blij hij is!'

Inderdaad was dat duidelijk te horen. Niet alleen door de geknepen tonen uit het instrument, maar ook door het luide gezang dat de bespeler had aangeheven.

'Hier loop ik,' zong hij met kwakende stem. 'Vrij en blij, met m'n toeter, met m'n toeter aan mijn zij!'

Zo musicerende bewoog hij zich in de richting van een oploopje, dat veroorzaakt was doordat het verkeer op de hoofdweg wederom zijn tol had geëist. Het valt te begrijpen, dat de geluiden die de muzikant uitstiet storend op de samenscholing werkten.

'Vrij en blij, hè?' gromde de agent Kloppers die de orde bewaarde. 'Ik ken jouw soort! Maar daarvan zijn we hier niet gediend! Maak dat je weg komt!'

Zo sprekende trok hij zijn gummistok en liet die corrigerend neerdalen.

Heer Ollie stond nog steeds vergenoegd voor zijn schuur, toen de ongelukkige zanger even later ontredderd terugkeerde met de flarden van de eens zo fraaie autotoeter in de hand.

'Wat is er gebeurd?' vroeg hij ontsteld. 'Hebben ze hem kapot gemaakt? Dat gaat zo maar niet!! Men mag andermans eigendom niet beschadigen!'
Wammes Waggel gaf geen antwoord. Hij duwde zijn ingeslagen hoed weer een beetje in model en vervolgde zijn weg in verzakte houding.
'Het is droevig,' hernam heer Bommel tot zichzelf. 'Zelfs zo'n klein vermaak is deze eenvoudige figuur niet gegund! Als heer kan ik dat toch niet laten passeren?'
Deze vraag hield hem zozeer bezig, dat hij de nadering van de ambtenaar eerste klasse Dorknoper pas opmerkte toen de hooggeplaatste klerk hem op de schouder tikte, en sprak: 'Een ogenblikje, mijnheer Bommel! Ik zie daar, dat u dat schuurtje nog steeds hebt laten staan. En dat terwijl ik u reeds zo dikwijls op artikel vijfhonderdzevenennegentig van de gemeentelijke bouwverordening gewezen heb! Dat gaat echt niet langer!'
'Ja, ja,' zei heer Ollie, uit diepe gedachten opschrikkend. 'Er is iets verkeerd, als u begrijpt, wat ik bedoel. Eh... wat bedoelt u eigenlijk?'
'Dat schuurtje!' hernam de beambte. 'Het is zonder vergunning gebouwd en bovendien beantwoordt het niet aan de voorschriften. Ik ben warempel de kwaadste niet en ik wil nog wel eens met de hand over het hart strijken. Maar u gaat te ver!'

Hij wendde zich om en stapte weg.
'Dat schuurtje moet weg!' riep hij over zijn schouder. 'Dit is een vrij land, maar de vrijheid moet in ordelijke banen worden geleid. Goede dag.'
'Een mooie vrijheid!' mompelde heer Bommel bitter. 'Stukslaan en afbreken! Het is meer dan een vrije heer kan verdragen!'
Op dat moment stopte de driewieler van de kruidenier Grootgrut naast hem. De voortvarende middenstander had zijn voertuigje versierd met een naar de eisen des tijds beschilderd spandoek. Daarop stond met duidelijke letters te lezen: 'FREE! Bij aankoop van 10 florijnen een pak Grutsprits gratis!'
Met deze reclame was hij zelf zeer ingenomen en hij stapte dan ook opgewekt uit zijn wagentje.
'Is deze aanbieding soms wat voor u?' vroeg hij monter. 'Een heel pak knapperige Grutsprits! Free, zoals ze in het buitenland zeggen.'
Heer Ollie had echter geen oren naar deze scherts.
'Free!' riep hij woedend. 'Eerst wordt mijn toeter onderdrukt en dan mijn schuur! Free! Het mocht wat!'
Zo roepende sloeg hij driftig met zijn vuist op de motorkap, zodat het fraaie spandoek scheurde.

'Maar meneer Bommel toch!' riep de winkelier ontzet. 'Kijk toch wat u doet!'
Doch heer Ollie was geheel verblind. Door zijn driftbui was het fraai beschilderde linnen losgeraakt, en de kille voorjaarswind woei het op een hinderlijke wijze om zijn tors, zodat hij er in verwikkeld raakte.
'Free!' riep hij verwilderd. 'Ha! Een vrij land! Grr!'
Zijn geroep trok de aandacht van de agent Kloppers, die juist orde in de verkeerschaos had gebracht.
'Zo!' sprak deze. 'Alweer een betoging, huh? Ik ken je soort! Heb je een permissie?'
'U komt juist op tijd, agent!' riep de heer Grootgrut op de achtergrond. 'Houd hem tegen! Hij maakt mijn eigendommen kapot!'
'Ook dat nog!' hernam de ambtenaar grimmig. Hij vatte heer Bommel's vrije hand en bracht die vaardig in de ondergreep. 'Mee naar het bureau,' sprak hij.
Het hielp niet, of de beklagenswaardige heer al roepend tegenspartelde; de geoefende ordebewaarder duwde hem op krachtige wijze voor zich uit door de kale dreven, in de richting van de stad.
'Zie je dat?' vroeg een boer die het passerende groepje gadesloeg. 'Daar heb je een van de anarchisten, die tegenwoordig de boel op stelten zetten!'
'Net wat je zegt,' gaf een ander toe. 'Hij heeft een spandoekje om, ook nog. Free, zie je wel? De knuppel er over, zeg ik altijd maar.'

Toen Tom Poes tegen het middaguur het politiebureau van Rommeldam passeerde zag hij daar een klein groepje voorbijgangers staan, dat druk pratend op de ingang wees.
'Wat is er aan de hand?' vroeg hij, nieuwsgierig de pas inhoudend.
'Een anarchist,' verklaarde een van de omstanders. 'Ze hebben daarnet opnieuw een betoger opgebracht. Er zijn in deze stad lui met onlustgevoelens, daar heb je zeker wel eens van gehoord. Ze storen de welvaart met roepen en schreeuwen en allerlei tumult waar oppassende burgers niet van gediend zijn. Maar gelukkig weet de politie onze belangen te beschermen. Ze worden zonder pardon in de kraag gegrepen!'
'Hm,' zei Tom Poes. 'Is dat alles?'
Natuurlijk wekte deze vraag verontwaardiging. Maar voordat de spreker hem terecht had kunnen wijzen, werd de ingang van het politiebureau verduisterd door een naar buiten sloffende figuur. De omstanders, die niet gezien wilden worden met een oproerkraaier, verwijderden zich haastig en nu stond Tom Poes dus plotseling alleen.
'Heer Ollie!' riep hij uit. 'Wat is er gebeurd?'
'Veel,' zei heer Bommel bitter. 'Veel droevigs. Men heeft mijn naam en mijn geboortedatum opgeschreven! Het onbesmette blazoen van de Bommels is door het slijk gehaald, en waarom? We leven in duistere tijden, jonge vriend!'

'Waarom bent u opgebracht?' vroeg Tom Poes. 'Hebt u iets verkeerds gedaan?'
'Integendeel!' riep heer Ollie uit. 'Dat moest je weten! Nee, men heeft mijn toeter platgeslagen, men wil mijn schuur afbreken en als ik dan waardig, doch krachtig protesteer sleept men mij naar het politiebureau!'
'O,' zei Tom Poes, doch heer Bommel liet hem niet uitspreken.
'Niks O!' hernam hij met verheffing van stem. 'In deze wereld kan een heer niet leven. Een Bommel weet van binnen wat goed of slecht is; hij heeft geen wetten nodig. Integendeel; hij verzet zich er tegen omdat hij voelt, dat ze voor andere lieden gemaakt zijn!'
'Nou ja...' begon Tom Poes weer, maar heer Ollie overstemde hem.
'Er moet iets gedaan worden!' riep hij. 'Heren van onze stand moeten zich verenigen en samen optrekken! Ik zal eens met de markies gaan praten.'
Na deze woorden wendde hij zich om en stapte fier heen.
Nu maakte een in het zwart geklede gedaante zich los uit de schaduw van een portiek en sprak Tom Poes aan.
'Kent u die meneer al lang?' vroeg hij met toonloze stem. 'Weet u wat zijn achtergrond is? Wat is zijn driftgraad?'

'Wat bedoelt u?' vroeg Tom Poes verbaasd. 'Natuurlijk ken ik heer Ollie al heel lang. Wat bedoelt u met zijn driftgraad?'
'Ik doel op de Maanblaffers,' legde de vreemdeling uit. 'Men kan niet voorzichtig genoeg zijn; de Maanblaffers loeren overal! Is deze heer Ollie een Maanblaffer of niet? Dat is de vraag!'
'Wat zijn Maanblaffers?' vroeg Tom Poes.
'Wat een onschuld!' riep de onbekende met een vreugdeloos lachje. 'De Maanblaffers zijn overal om ons heen. Ze sturen aan op een revolutie, want ze willen de macht in handen krijgen. Maar pas op! Ze vermommen zich goed en ze dringen zich overal in, zodat men ze soms op belangrijke posten vindt. Ze vormen een groot gevaar – en om dat tegen te gaan hebben we een partij opgericht; de Sociale Ontwaak Partij! De SOP, kort gezegd. Als u mee wilt doen kunt u uw driftgraad laten meten. Het stemmige, waakzame kostuum moet u echter zelf aanschaffen, wanneer u goedgekeurd bent. U moet maar zien, u bent nu gewaarschuwd. Pas op voor de heer Ollie, dat wil ik u nog wel zeggen!'
'Wat een onzin!' zei Tom Poes verontwaardigd. 'Hoe komt u er bij dat heer Ollie een zogenaamde Maanblaffer zou zijn?'
'Men kan ze soms herkennen aan hun grote voeten en aan hun rode haar!' mompelde de vreemdeling geheimzinnig. 'Ik voel ze heel fijn aan. Mij bedriegen ze niet! Maar ik ben dan ook al héél lang lid van de SOP. Goede middag.'
Met deze woorden liep hij heen, en Tom Poes keek hem onthutst na.

Heer Bommel liep in een verbitterde stemming naar huis. Het begon reeds te schemeren en de regenachtige sfeer, die over het landschap hing maakte zijn humeur er niet beter op.
'Zelfs het hebben van een eigen mening wordt een heer misgund,' mompelde hij tot zichzelf. 'Maar ik voel, dat ik wat doen moet. Dit kan zo niet langer voortgaan, want soms heb ik het gevoel, dat lieden van mijn stand door allerlei onbekende gevaren omringd worden. We moeten ons wapenen, als iemand begrijpt wat ik bedoel!'
Op dat moment merkte hij, dat hij door zijn neerdrukkende gedachten niet goed op de weg gelet had en dat hij zich in een dichte boomgroep bevond. Het daglicht had daar al plaats gemaakt voor de duisternis, die echter onderbroken werd door een flakkerend vuurtje.
Heer Ollie begaf zich, door nieuwsgierigheid gedreven, dichterbij en ontwaarde nu een kring van in het zwart gestoken vreemdelingen.
'Men kan niet voorzichtig genoeg zijn,' sprak de grootste van hen met toonloze stem. 'Is iemand een Maanblaffer of niet? Dat is de vraag! De Maanblaffers zijn overal om ons heen. Ze sturen aan op een revolutie, want ze willen de macht in handen krijgen. Pas op!'
'Dat is sterk,' prevelde heer Bommel. 'Net wat ik dacht! Zou dit een vergadering van Heren zijn?'

'De Maanblaffers vermommen zich goed en ze dringen zich overal in,' vervolgde de stemmig geklede figuur bij het vuurtje. 'Soms vindt men ze op belangrijke posten. Ze vormen een groot gevaar – en om dat tegen te gaan hebben we een partij opgericht. De Sociale Ontwaak Partij. De SOP, kort gezegd.'
'Daar heb je het al,' zei heer Ollie tot zichzelf. 'Ik sta dus niet alleen in mijn ontstemming. Er bestaat al een partij. Goed zo. Het enige wat mij te doen staat is lid te worden en de leiding over te nemen. Deze spreker is wat te eentonig.'
Met deze gedachte rechtte hij de rug, doch daardoor brak de tak waarachter hij zich verscholen had. Het gaf een scherp, knallend geluid, dat de ritselende stem van de spreker overstemde, en dat sterk de aandacht trok. De gehele vergadering draaide zich als één vreemdeling om en staarde heer Ollie vijandig in het gelaat.
'De Maanblaffers loeren overal!' riepen ze.
'Ik ben geen Maanblaffer!' riep heer Bommel haastig. 'Mijn naam is Bommel. Olivier B. Bommel, en ik strijd tegen het onrecht.'
'Is deze heer Ollie een Maanblaffer, of is hij het niet?' riep de vergadering. 'Dat is de vraag!'
Men maakte aanstalten om op te staan en de starende blikken begonnen de geschrokken heer op de zenuwen te werken, zodat hij een vreemde beklemming voelde.
'Ik b-ben g-geen Maanblah-blaffer!' riep hij nog eens. Maar dat bleek niet te helpen.

De leden van de Sociale Ontwaak Partij stonden op en begonnen door het struikgewas voorwaarts te dringen.
'De Maanblaffers loeren overal!' riepen zij eentonig. 'Men kan niet voorzichtig genoeg zijn.'
'Ho! Stop!' riep heer Ollie, achteruitdeinzend. 'Ik ben een heer van stand!'
Maar de groep schonk geen aandacht aan zijn woorden en naderde zó opdringerig, dat het hem bang te moede werd.
Met een onderdrukte kreet wendde hij zich om en holde door het woud in de richting van slot Bommelstein. Buiten adem en doorweekt van de regen, die kil door het landschap blies, kwam hij tenslotte thuis. De voordeur stond open en de bediende Joost stond in een oplettende houding naar een vreemdeling te luisteren.
'Men kan niet voorzichtig genoeg zijn,' hoorde heer Bommel de laatste zeggen. 'De Maanblaffers loeren overal. Pas op. Ze vermommen zich goed. Men kan ze soms herkennen aan hun grote voeten en aan hun rode haar.'
'Dat is heel eigenaardig!' zei Joost peinzend. 'Als ik zo vrijpostig mag zijn meen ik, dat heer Olivier eh... hij heeft met uw welnemen een nogal royale leest. En zijn haar... ahum...'
'Is deze heer Olivier een Maanblaffer of is hij het niet?' vroeg de vreemdeling. 'Dat is de vraag. U moet maar zien, u bent nu gewaarschuwd. Pas op voor...'
Hij zweeg plotseling, want op dat moment had hij de huiswaarts kerende heer in het oog gekregen.

Hij lichtte de hoed en verdween in de doorregende schemering, terwijl heer Ollie zich met gemengde gevoelens tot Joost wendde.
'Wie was dat?' vroeg hij. 'Wat wilde die snuiter?'
'Die heer was een lid van de Sociale Ontwaak Partij, met uw welnemen,' antwoordde de bediende koel. 'Een heel waakzame partij, naar mij voorkomt. Hij heeft mij de ogen geopend voor de eh... Maanblaffers, die overal loeren. Zij zijn de oorzaak van de misstanden. Maar ik ben nu gewaarschuwd, wanneer ik zo vrij mag zijn...'
'Wat zijn Maanblaffers toch?' riep heer Bommel ongeduldig uit, doch de knecht ontweek een rechtstreeks antwoord.
'Ze vormen een groot gevaar,' mompelde hij, een vreemde blik op zijn werkgever werpend. 'Ze vermommen zich goed. Maar ik zal wel zien, als u mij toestaat.'
Het valt te begrijpen, dat deze uitleg heer Ollie niet bevredigde. De Rommeldamse Courant was echter al bezig om gegevens over de SOP te vergaren. Op de redactie zat namelijk een lid van die partij de doelstellingen haarfijn aan de journalist Argus uit te leggen.
'Interessant!' mompelde de redacteur, al schrijvend. 'Dit is wel wat voor onze lezers. Maanblaffers Loeren Overal. Is Uw Buurman Een Maanblaffer? Wat is zijn Achtergrond; en wat is zijn Driftgraad? Uitstekend! Gaat u verder!'

De volgende morgen heerste er in de Kleine Club de gebruikelijke rust. De waardige stilte werd slechts verbroken door het geritsel van kranten, de gedempte tred van het personeel dat verversingen rondbracht en het gemompel van woorden die de leden van tijd tot tijd wisselden.
'Parbleu!' prevelde markies de Cantecler bijvoorbeeld. 'Maanblaffers! Par exemple! Er zit dus een organisatie achter al die onlust waar men zo veel van hoort. Hoogst onbehaaglijk, amice! Het crapule stuurt aan op een revolutie om de macht in handen te krijgen, lees ik hier. We zijn omringd door Maanblaffers in vermomming. Dat is een horreur! Maar wat zijn deze Maanblaffers nu eigenlijk precies?'
De burgemeester, die tegenover hem zat, liet zijn ochtendblad zakken en staarde de edelman met bolle ogen aan.
'De overheid heeft daarover zo zijn eigen ideeën,' verklaarde hij. 'Maar men kan er op rekenen, dat de zaak stevig ter hand genomen wordt. Orde en tucht moeten er zijn, anders kan het zakenleven wel inpakken, nietwaar?'
Hij zweeg even en zijn gelaat nam een peinzende uitdrukking aan.
'Maar waar ze vandaan komen?' hernam hij. 'Dat is een vraag! Ik voor mij voel er het meeste voor om de wetenschap in te schakelen. Want het lijkt mij toe, dat die Maanblaffers vreemden moeten zijn. Uit een ander land... of misschien wel van een andere planeet! Wie zal het zeggen?'

Burgemeester Dickerdack repte zich naar het stadhuis en liet commissaris Bas komen.
'Heb je de krant gelezen?' vroeg hij streng. 'Ja? Dan zou ik wel eens willen weten wat er tegen de Maanblaffers gedaan wordt! Hoe komt het, dat ik niet ben ingelicht over deze geheime organisatie? Als mij gevraagd wordt, wat het eigenlijk voor schooiers zijn, sta ik met mijn mond vol tanden – en dat is geen gezicht!'
'Ik weet alleen maar wat er in de krant staat,' zei de politiechef, een weinig bedremmeld. 'Maanblaffers? Het lijkt mij onzin. Ze zijn te herkennen aan hun rode haren en hun grote voeten, las ik. Maar daar kan ik toch niet aan beginnen, zegt u nu zelf...'
'Ik zeg niks zelf!' riep de magistraat geprikkeld uit. 'Ik duld geen wanordelijkheden van dat tuig, Bas! Als je ergens lawaai of onrust ziet, dan jaag je het uit elkaar. En belhamels voorgeleiden, begrepen?'
'Het komt in orde,' hernam de commissaris met tegenzin. 'Ik zal de voorschriften verscherpen.'
Hij trok zijn pet over de ogen en verliet in een sombere stemming het gemeentehuis, op zoek naar Maanblaffers. Het gerucht van schelle stemmen trok daarom meteen zijn aandacht en hij richtte grimmig zijn schreden naar een groepje kleuters dat zich niet ontzag om voor het gebouw een rondedans om een paaltje te maken.
'Onlustgevoelens!' mompelde de hooggeplaatste ambtenaar. 'Herrie en straatslijperij. Huh... Maar goed, de orders zijn duidelijk en ik zal ze opvolgen. Het is van nu af aan afgelopen met de onrust!'

Heer Bommel had die ochtend een wandeling naar de stad gemaakt om zijn zinnen wat te verzetten. Zodoende bevond hij zich om half elf in de omgeving van het gemeentehuis, en daar werd zijn aandacht getrokken door schel geschreeuw en bars geroep.
'Kijk nu toch eens aan!' sprak hij tot zichzelf. 'Is het nog niet erg genoeg, dat men mij als een schurk heeft opgebracht? Moet men nu ook nog broekebaasjes van de straat jagen? Wat mankeert iedereen toch, tegenwoordig? Zou het de schuld van de Maanblaffers zijn?'
Hij hield besluiteloos de pas in, maar toen begreep hij, dat hij als heer niet werkeloos kon blijven toezien.
'Halt!' riep hij, terwijl hij zich met zwaaiende armen naar het stuitende toneeltje spoedde. 'Stop dat! Is dat de manier om de orde te bewaren? Geen wonder, dat de vrede ver te zoeken is!!'
Op dat moment werd zijn loop gestuit door commissaris Bulle Bas, die plotseling uit een zijstraat trad.
'Hédaar!' snauwde de politiechef. 'Wat moet dat? Wat loop je daar te schreeuwen? Hoor je soms bij dat groepje oproerkraaiers, Bommel?'
'Dat zijn geen oproerkraaiers!' riep heer Ollie verontwaardigd. 'Dat zijn spelende kleuters!'
'Mooi,' hernam de commissaris bars. 'Jij weet er dus meer van. Hm. Rood haar en grote voeten. Kom maar eens mee naar het bureau; we gaan jouw achtergrond bekijken!'

Zo werd heer Bommel weer naar het politiebureau gebracht en Tom Poes, die toevallig passeerde, keek hem hoofdschuddend na. 'Dat is de tweede keer nu al,' sprak hij tot zichzelf. 'Wat zou er toch met hem aan de hand zijn?'
Met deze vraag wendde hij zich tot de commissaris, die grimmig op de stoep had postgevat.
'Bommel?' herhaalde de politiechef. 'Die is ingerekend, zoals je hebt gezien. Verstoorde opnieuw de orde – en daar moet een eind aan komen. Ik heb het idee, dat hij een Maanblaffer is! Ken jij zijn achtergrond of zijn driftgraad?'
'Dat is dezelfde vraag, die dat zwarte ventje me stelde,' zei Tom Poes verrast. 'Gelooft u ook al in die onzin?'
'Wat ik geloof staat hier buiten,' hernam de commissaris. 'Ik heb mijn orders en daarmee uit. Maar je hoeft niet bang te zijn; er is recht in deze stad – en ik ga niet alleen op rood haar en grote voeten af. Bommel zal door een deskundige worden onderzocht.'
'Een deskundige?' herhaalde Tom Poes. 'Bestaat er ook al een deskundige op het gebied van Maanblaffers?'
'Zeker,' gaf de heer Bas toe. 'Een zogenaamde psycholoog, je weet wel. Een zekere doctorandus Zielknijper zal hem haarfijn onderzoeken.'

Terwijl Tom Poes met de commissaris stond te praten stopte er een driewielige automobiel bij het politiebureau en de kruidenier Grootgrut stapte er uit. Het duurde even voordat hij herkend werd, want hij had zijn kleding grondig veranderd.

'Goedemorgen,' sprak hij, de hoed lichtend. 'Ik kom de beschadiging van mijn voertuig melden. Er zit een deuk in het spatbord, die de heer Bommel daar in geslagen heeft. Gisteren was dat. Ach ja, ik heb lang geaarzeld, want tenslotte is hij mijn beste klant. Maar als middenstander heb ik een open oog voor de belangen van de stad. Zonder orde en gezag kunnen er geen rustige zaken worden gedaan, wat u, heren? Daarom heb ik mij aangesloten bij de Sociale Ontwaak Partij.'

'Wat heeft dat er mee te maken?' vroeg Tom Poes onthutst.

'Alles,' verklaarde de comestibleshandelaar, zijn hoed weer opzettend. 'Alles, meneer Poes! De heer Bommel is een Maanblaffer, dat is duidelijk. En omdat de SOP de enige partij is, die pal staat voor de ordelievende burger, zag ik mijn plicht. We moeten de handen ineenslaan tegen het gevaar van dat Maanvolkje, want waar zijn we anders? Nergens!'

Tom Poes liep ongerust verder.
'Heer Ollie kan wel eens een beetje driftig zijn,' dacht hij. 'Maar het gaat toch te ver om hem uit te schelden voor een Maanblaffer. Ik weet trouwens nog steeds niet, wat een Maanblaffer eigenlijk is...'
Op dat moment viel zijn blik op een wandelaar, die hem tegemoet kwam.
'Dat is die doctorandus Zielknijper, waar de commissaris het over had!' dacht hij, en hij hield de naderende geleerde staande. 'Kunt u mij ook zeggen, wat een Maanblaffer is?' vroeg hij beleefd.
'Kijk, kijk,' sprak de zielkundige verrast. 'Dat is een vraag die niet zo een, twee, drie te beantwoorden is. Wij zijn geplaatst voor een veelheid van verschijnselen, die slechts na nauwkeurige studie... eh...'
'Maar u moet heer Bommel toch onderzoeken?' viel Tom Poes hem in de rede. 'Dan moet u toch precies weten wat het is?'
'Zeker,' hernam de ander verkoelend. 'Laat dat rustig aan mij over, ventje! Wetenschappelijk is de Maanblaffer nog niet geheel geplaatst maar intussen hebben wij vermoedens, waarop wij onze werkhypothese gegrond hebben...'
Hij zweeg gehinderd, want achter hem overstemde een gorgelend gelach zijn woorden. Het was afkomstig van professor Prlwytzkofski, die in het passeren zijn verklaring had opgevangen en daar veel vermaak in schepte.
'Hahahohohoi!' riep de hooggeleerde uit. 'Praw! De Maanblaffer belt tot den maan! Daartoe gehoort toch gene hypothese? Hahaho!'

De heer Zielknijper was onaangenaam getroffen.
'Uw gelach is ongepast!' riep hij uit. 'Zeker wanneer er een minderjarige bij staat. Waar blijft op die manier de eerbied voor de wetenschap?'
'Praw!' riep de professor. 'Plapperen en onzinniges verkopen is doch geen wetenschap! Wie heeft ooit van der Maanblaffers gehoord?'
De zielkundige verstrakte.
'U begeeft zich op een terrein waar u niets van weet!' sprak hij uit de hoogte. 'De politie heeft mij verzocht om een onderzoek in te stellen naar de hoogst bedenkelijke verschijnselen, die hier in de stad de ronde doen. Ik doe dat op wetenschappelijke grondslagen...'
'Praw! Oioioi!' riep de heer Prlwytzkofski, die rood begon aan te lopen. Maar de ander liet hem niet aan het woord.
'Wees voorzichtig!' hernam hij met verheffing van stem. 'Wie zegt mij, dat u zelf geen Maanblaffer bent? Zie ik daar geen rode haren in uw baard? En ik zou de maat van uw schoenen wel eens willen weten!'
'Praw!!' schreeuwde de hoogleraar in grote woede. 'Dit alles is ja ene hemelbliksemdonderwederse wáánzin!'
Het geluid van zijn overslaande keelstem deed de ramen in de omtrek trillen en Tom Poes was een ogenblik bang, dat het geleerde gesprek in een handgemeen zou ontaarden. Maar gelukkig was commissaris Bulle Bas in de buurt en die begaf zich snel ter plaatse.
'Huh!' prevelde de gezagsdrager. 'Daar heb je weer zo'n onruststoker, dat is duidelijk!'

Met deze gedachte greep hij de professor in de kraag en sprak: 'Mee naar het bureau!'
'Halt!' riep de arrestant. 'Dezer Zielskneipfer is ener hoogstapelaar. Vat hèm en laat mij in der rust!'
Het hielp echter niet. De politiechef voerde hem met sterke arm weg, zodat Tom Poes en doctorandus Zielknijper alleen achterbleven. De laatste trok zijn jas recht en glimlachte.
'Dat zal hem leren,' sprak hij. 'Te zijner tijd zal ik hem wetenschappelijk onderzoeken en zijn driftgraad meten. Nu moet ik mij eerst met de heer Bommel bezighouden.'
Hij stapte waardig heen, maar Tom Poes was er niet geruster op geworden.
'Heer Ollie is geen Maanblaffer!' riep hij hem na. 'Dat weet u even goed als ik! Maanblaffers bestaan niet!'
De zielkundige keek echter op noch om, zodat Tom Poes mismoedig de schouders ophaalde en wat tobberig zijn weg vervolgde.
Nu werd er achter hem, op de driesprong waar het gesprek had plaatsgevonden, een deksel in de straat geopend, en een in het wit gehulde figuur rees uit de ontstane opening omhoog.
'Ei,' mompelde hij, 'dit alles was zeer interessant. Ik geloof, dat het idee van de Maanblaffer nu genoegzaam is ingevoerd.'

Trouwe lezertjes zullen in deze gedaante zeker professor Sickbock hebben herkend. De omstreden figuur had zijn werkplaats dit keer ondergronds gezocht. De reden daarvan zal, naar ik hoop, in de loop van dit verhaal duidelijk worden. Want hoewel het er rustig was, liet de lucht veel te wensen over, en men richt nu eenmaal niet gauw een laboratorium in waar zich eens een rioolput bevond. De geleerde bleek er echter niet veel last van te hebben.

'Het gaat boven verwachting,' sprak hij tot zichzelf. 'In de eerste plaats is mijn tegenstander door de waakzame politie afgevoerd en in de tweede plaats heeft men een open oor voor het gevaar van de Maanblaffers. Zo moet het. Mij dunkt, dat het nu tijd wordt om mij bovengronds te begeven. Mijn hulp zal nodig zijn om de wetenschap in juiste banen te leïden, want men tast nog een weinig in het duister, vrees ik.'

Daar had Sickbock gelijk in. De heer Zielknijper ijsbeerde rusteloos door zijn keurige onderzoekkamer heen en weer, en het was te zien, dat hij niet zo zeker van zijn zaak was als hij had voorgewend.

'Lieve deugd!' mompelde hij. 'Daar zit ik nu! Men verwacht van mij, dat ik de driftgraad van Bommel ga meten en zijn achtergrond ga vaststellen. Maar hoe doe ik dat? Wat is een driftgraad eigenlijk? Ik sta voor een vacuüm in de prille kennis der ziel!'

Het is geen wonder, dat hij aangenaam verrast was, toen een verpleegster hem het bezoek van een Maanblaffer-deskundige aankondigde.
'Mijn naam is Sickbock,' sprak de binnentredende. 'Professor Joachim Sickbock van de Universiteit te Upswa, u wel bekend. Ik zoek uw bijstand.'
'Graag!' riep de ander uit. 'Zeg maar, wat ik voor u doen kan!'
'Welnu,' hernam de geleerde, 'ik heb de sysmografische reacties van Oblonski bestudeerd; u kent ze wel. Daaruit is mij gebleken, dat er zich lang geleden een trilling in de aardkorst heeft voorgedaan. Een eigenaardige trilling, die er op duidt, dat een groot lichaam uit de ruimte geland is, hier in de buurt. U weet er natuurlijk alles van.'
'Natuurlijk,' gaf de heer Zielknijper met trillende stem toe. 'Dat is te zeggen...'
'Verdere onderzoekingen,' vervolgde de professor met verheffing van stem, 'wijzen er op, dat een invasie van buitenaardse wezens heeft plaatsgevonden. Ze hebben zich met de inheemse bevolking gemengd, en ze vermommen zich zo goed, dat ze niet te herkennen zijn. Ze willen zonder twijfel de heerschappij overnemen...'
'Aha!' riep de zielkundige opgelucht. 'De Maanblaffers!'
'Dat is de naam waaronder ze bij het publiek bekend zijn,' gaf de bezoeker glimlachend toe. 'Om ze te herkennen moet men hun driftgraad meten, en daarvoor heb ik een wetenschappelijke methode uitgedacht. Maar eerst moeten we nu de medewerking van de overheid hebben. De vrije hand, amice! Breng me bij de burgemeester, verzoek ik u!'

De heer Zielknijper schoot snel zijn jas aan en begaf zich met zijn bezoeker naar het stadhuis.
'De burgemeester zal ons zeker helpen,' sprak hij. 'Het gevaar is hem bekend. Aan iedereen trouwens. Er is zelfs al een partij tegen die schurken opgericht, de Sociale Ontwaak Partij genaamd.'
'Goed werk!' prees professor Sickbock. 'We kunnen niet voorzichtig genoeg zijn. Al deze voorbijgangers kunnen Maanblaffers wezen. Maar we hebben hun driftgraad nodig om zeker te kunnen zijn.'
'Ja, ja,' prevelde de zielkundige. 'Ik neem aan, dat die eh... die buitenaardse wezens gauw driftig worden?'
'Toch niet,' zei de geleerde. 'Maar dat zult u wel zien, wanneer ik u mijn methode uiteenzet. Zij is eenvoudig, doch doeltreffend.'
Zo pratende waren de beide ontwikkelde figuren op het gemeentehuis aangekomen en daar kostte het niet veel moeite om door te dringen tot burgemeester Dickerdack. Die zat juist zorgelijk over enkele politierapporten gebogen en hij keek opgelucht op, toen het tweetal binnentrad.
'Aha!' riep hij uit. 'Is er al nieuws over die Maanblaffers? Er zijn heel wat arrestanten! Wat moet ik daarmee? Ik kan niet zo maar allerlei lieden opgesloten houden. De kranten zouden de kachel met mij aanmaken. Hebt u al een wetenschappelijke verklaring gevonden voor al dat gedonderjaag in de stad?'

'Ja, dat hebben wij,' verklaarde de heer Zielknijper eenvoudig. 'De oorzaak daarvan ligt bij de Maanblaffers. Dat is een soort eh... wezens, dat de heerschappij over de aarde wil overnemen. Ze hebben zich daartoe met de inheemse bevolking gemengd, zodat ze onherkenbaar zijn.'
'Zoiets heb ik al in de krant gelezen,' zei de burgemeester ongeduldig. 'Maar wat kunnen we tegen die schoften doen, wanneer ze niet herkenbaar zijn?'
'Aha! Daar heb ik u!' riep de zielkundige uit. 'Wij hebben een methode uitgevonden om hen te ontmaskeren; we meten heel eenvoudig hun driftgraad!'
'Geweldig!' zei de magistraat oplevend. 'De driftgraad! Natuurlijk! Lawaaimakers en schreeuwers zijn natuurlijk Maanblaffers!'
Nu nam professor Sickbock het woord.
'Ei,' sprak hij, 'zo eenvoudig is het niet! Dikwijls ziet men, dat opgeschoten jongeren in alle rust oudere personen tot een verhoogde driftgraad brengen. Wie zijn dan de Maanblaffers? De jongeren of de ouderen?'
'De jongeren natuurlijk!' riep de burgemeester uit.
'Meestal wel. Maar toch niet altijd,' hernam de geleerde met een fijne glimlach. 'Slechts een wetenschappelijk onderzoek garandeert zekerheid. En voor dat onderzoek moeten wij de medewerking van de overheid hebben! De vrije hand!'
'De vrije hand!' gaf de heer Dickerdack toe. 'In orde. Het gevaar, dat ons omringt is ernstig, en daarom zal ik de politie opdracht geven om u in alles te helpen; u zegt het maar.'

Heer Bommel was opgesloten in een der cellen van het Rommeldamse politiebureau. Hij zat daar in droeve gepeinzen verzonken en menige bange zucht deed de spinnewebben in het vertrekje fladderen.
'Hoe vreselijk is dit alles,' mompelde hij stil voor zich heen. 'Door iedereen in de steek gelaten. Het slachtoffer van een afschuwelijk komplot. Een heer, die een einde aan misstanden wil maken, wordt ruwweg opgebracht. Wat een wereld!'
Tegen de middag werd de deur door een bewaker geopend, en in het licht, dat vanuit de gang binnenviel verscheen een in het zwart gestoken gedaante.
'Bent u een Maanblaffer, of bent u het niet!' sprak deze met toonloze stem. 'Men kan niet voorzichtig genoeg zijn...'
'Jij bent van de Sociale Ontwaak Partij!' riep heer Ollie, met een plotseling opkomende woede. 'Jullie zijn de schuld van alles! Ga weg met je wartaal! Warhoofd!'
'Men kan niet voorzichtig genoeg zijn,' herhaalde de bezoeker. 'De Maanblaffers zijn overal. Pas op. Ze vermommen zich goed. Men kan ze soms herkennen... soms herkennen...'
Hij aarzelde even en vervolgde toen op sussende toon: 'Onze zaak is thans in handen van de wetenschap. Wees gerust. Uw driftgraad zal door een deskundige gemeten worden. Komt u maar mee.'

Heer Bommel bedwong zijn boosheid en volgde het SOP-lid naar de onderzoekkamer.
'Mijn driftgraad meten?' sprak hij snuivend. 'Goed, als dat wetenschappelijk gebeurt kan tenminste worden vastgesteld dat ik een heer van stand ben. Maar het is het onzinnigste wat ik ooit heb gehoord!'
Met deze woorden betrad hij een hagelwit vertrek, waarin zich de behandelende zielkundige bevond.
'Zielknijper is mijn naam,' zei deze achter zijn neusmasker. 'Voor de proef, die thans volgt, heb ik uw medewerking nodig. Stribbelt u dus vooral niet tegen. Ik verzoek u, u geheel te ontspannen.'
'Hoe kan een heer in mijn positie zich ontspannen?' riep de bezoeker verbitterd uit. 'Men haalt mij het merg onder de nagels vandaan...'
De ander liet hem echter niet uitspreken.
'Juist,' sprak hij. 'Handelt u vooral geheel spontaan. Dit is een objectief onderzoek. Vreest niet!'
Zo sprekende greep hij met een snelle beweging een flesje, dat achter hem op een werkbank stond, en keerde dit soepel boven het hoofd van heer Ollie uit. Een drabbige vloeistof droop hem op de schedel, zodat de beklagenswaardige het uitzicht ontnomen werd. Daardoor ontging het hem dat hij oplettend werd gadegeslagen door een waarnemer, die zich achter hem in een verborgen ruimte bevond.

Een kort ogenblik was heer Bommel met stomheid geslagen. Doch toen wiste hij zich het vocht uit de ogen en liep rood aan. 'Wat is dit voor een kwajongensstreek?' riep hij uit. 'Lummel! Ik zal je...'
De heer Zielknijper wachtte echter niet af, wat zijn slachtoffer van plan was. Hij deinsde haastig achteruit en greep een balletje van een tafel.
'Uitstekend!' neuzelde hij vanachter zijn masker. 'Blijft u vooral geheel spontaan, dat geeft de beste resultaten!'
Zo pratende wierp hij het voorwerp voor de voeten van de tierende heer op de grond, en daar gaf het een dichte rookontwikkeling af, zodat de omgeving aan het oog onttrokken werd.
'Dit is een zogenaamde rookbom,' verklaarde de zielkundige. 'Volstrekt ongevaarlijk, doch heel nuttig voor het meten van de driftgraad. Handelt u vooral van binnen uit.'
Dat deed heer Bommel. Uit de rookmassa klonk een benauwde hoestbui op, die alle verdere geluiden overstemde.

De wolken trokken langzaam weg door het uitstekende ventilatiesysteem waarmee de onderzoekkamer was uitgerust en langzamerhand werden ook de verwrongen gelaatstrekken van heer Bommel weer zichtbaar.
'Dit was de tweede proef,' verklaarde de heer Zielknijper, die smetteloos tegenover hem stond. 'Doet u zich vooral geen geweld aan. Een spontane reactie geeft de beste resultaten.'
De proefpersoon rees betraand en hoestend uit de achtergebleven nevels omhoog, terwijl een uitzinnige woede hem het spreken bemoeilijkte.
'Ik sjal je!' riep hij met rauwe stem. 'Uche... Uche... Po-politie!! de knuppel er over! In een werkkamp! Dit zal je spijten, slungel!'
'Uitnemend,' prees de onderzoeker. 'Nu komen we aan de derde proef. Welke ongeremde uitwerking hebben de volgende woorden op u...'
Hij zweeg even om de beproefde heer gelegenheid te geven zich wat te herstellen en hernam toen met verheffing van stem: 'Slijmjurk! Moordenaar!'
Nu werd het heer Ollie te veel. Hij verloor alle terughouding uit het oog en stortte zich uitzinnig op de voorlezende zielkundige.
Helaas; daardoor ontging het hem, dat deze zich had teruggetrokken achter een rondlopend hekje met schrikdraad.

Hij greep een van de draden om zich met een vreselijke sprong over de hindernis heen te zetten. Maar nu trad de elektrische stroom waarmee het schrikdraad gevoed werd, in werking, en hing hij schokkend en wapperend in de lucht.
'Tot zover,' sprak de heer Zielknijper. 'Thans hebben we genoeg resultaten om tot een conclusie te kunnen komen. U kunt zich nu weer ontspannen.'
Met deze woorden schakelde hij de batterij uit zodat heer Ollie als een pudding op de grond plofte en daar wezenloos tot rust kwam. Achter een deur klonk enig geritsel en het oog, dat oplettende lezertjes door het kijkgat hebben kunnen waarnemen verdween uit het gezicht.
'Het is mogelijk,' hernam de onderzoeker, 'dat enkele onderdelen van de meting u minder prettig hebben aangedaan. Het was echter in het belang van de samenleving, moet u maar denken. We moeten weten wie onze vijanden zijn. Wat u? Laten we nu echter even luisteren naar de uitslag.'
Nu, die liet niet lang op zich wachten.
'De uitslag is positief,' sprak een krakende stem door een luidsprekertje. 'De onderzochte kan naar huis gaan.'

Zo was heer Bommel dus weer vrij, maar opgewekt was hij niet. Allerlei tobberige gedachten doorkruisten zijn brein, terwijl hij uitgeput over de weg slofte.
'Hoe vreselijk,' sprak hij tot zichzelf. 'Het meten van een driftgraad is meer dan een heer verdragen kan! En waartoe leidt dit alles? Ik ben geen Maanblaffer, dat staat nu dus wetenschappelijk vast. Maar dat wist ik al, omdat ik niet weet wat het is, als ik begrijp, wat ik bedoel. En verder ben ik doorrookt, bevuild en uitgescholden, zodat ik van binnen erg geleden heb. Waar moet het heen met de wereld?'
Zo klagende sukkelde hij voort totdat hij werd benaderd door een lid van de Sociale Ontwaak Partij, die haastig uit een greppel kwam klimmen.
'Gelukwensen!' riep die met schrale stem. 'U bent niet langer verdacht. U bent niet vermomd en u hebt zich niet in de samenleving gedrongen!'
'Nee,' gaf heer Ollie toe. 'Maar dat wist ik al.'
'Eigenlijk bent u dus een van ons!' hernam de ander. 'Sluit u aan en wees waakzaam!'
'Aansluiten?' herhaalde heer Bommel getroffen. 'U bedoelt eh...'
'Om het gevaar tegen te gaan hebben we een partij opgericht,' legde het lid uit. 'De Sociale Ontwaak Partij. De SOP, kort gezegd. Men kan niet voorzichtig genoeg zijn. De Maanblaffers loeren overal. Pas op. Ze vermommen zich goed en ze dringen zich overal in. Men moet waakzaam zijn. Sluit u aan; eigenlijk bent u een van ons!'
'Zou het?' prevelde heer Bommel. Een frons speelde over zijn voorhoofd en het was duidelijk, dat diepe gedachten zich daarachter vormden. De gevolgen daarvan bleven niet uit.

Op de ochtend van de volgende dag kwam Tom Poes uit zijn huisje, met een verfpot in de hand. Opgewekt liep hij op zijn tuinhek toe en begon dat wit te schilderen; want de rode grondverf was hem reeds lang een doorn in het oog.
Het was aardig werk, de voorjaarswind voerde bloemengeuren aan en de vogeltjes zongen in de bomen. Maar helaas, het zag er naar uit, dat het niet ongestoord zou verlopen. In de verte naderde er een donkere figuur, die de waakzame kleding van de Sociale Ontwaak Partij droeg.
'Zo, jonge vriend,' sprak deze ernstig, terwijl hij de pas inhield, 'wat doe je daar? Waarom die vreemde kleur? Een hek hoort groen of bruin te zijn, en zwart misstaat ook niet. Maar wit? Hm, ik weet het niet...'
'Heer Ollie!' riep Tom Poes verrast uit. 'Wat is er met u gebeurd? Voelt u zich niet goed?'
'Het gaat,' zei heer Bommel. 'Men heeft weliswaar mijn driftgraad gemeten, maar de hoofdpijn is al weer wat gezakt. Dank je. Ik weet nu, dat men niet voorzichtig genoeg kan zijn. De Maanblaffers loeren overal en ze dringen overal in. Een alleraardigste heer, die ik gisteren op visite had, heeft me dat allemaal uitgelegd en nu ben ik een van hen. Waakzaam, als je begrijpt, wat ik bedoel. En daarom, jonge vriend, raad ik je af om je hek deze kleur te geven. Het is te onrustig.'

Tom Poes zette zijn verfpot weg en bekeek heer Bommel van top tot teen.
'Nee,' zei hij tenslotte afkeurend, 'dat is niet de kleding voor een heer!'
'Niet?' vroeg heer Ollie wat beteuterd. 'Hoezo niet? Het is keurig zwart laken! Dat leidt de aandacht niet af. En dat moet ook niet. Men moet waakzaam zijn in deze dagen, jonge vriend. De Maanblaffers loeren overal in allerlei vermommingen en soms vindt men ze op belangrijke posten. Ze vormen een groot gevaar – en om dat tegen te gaan hebben we een partij opgericht; de Sociale Ontwaak Partij; de SOP, kort gezegd. Ik overweeg, om de leiding van die partij over te nemen.'
'Hm,' zei Tom Poes hoofdschuddend. 'Dat kan zijn. Maar die jas is van een partij en niet van een Bommel, daar blijf ik bij.'
Heer Ollie trok zich ontstemd de hoed in de ogen en draaide zich om.
'Brutale praat van een jongere,' sprak hij onder het heengaan. 'Je moet het zelf weten, je bent nu gewaarschuwd!'
Zo sprekende bevond hij zich plotseling tegenover de markies de Cantecler die van de prille lente liep te genieten.
'Parbleu!' mompelde deze, verrast de pas inhoudend. Hij richtte zijn lorgnon op heer Bommel en bestaarde hem geruime tijd misprijzend.
'Fi donc,' sprak hij tenslotte. 'Wat nu, amice? Zijt ge aanspreker in een uitvaartbedrijf geworden? Werkelijk, ge maakt het steeds doller!'

Hoofdschuddend liet hij zijn kijkglas zinken en wendde zich af. 'Par exemple,' besloot hij terwijl hij een zijpad insloeg. 'Zo gaat het toch niet langer. Deze buurt begint in een kwade reuk te staan. Ik overweeg een verhuizing.'
Heer Ollie keek hem inzakkend na, doch toen de edelman over een heuvel uit het gezicht verdwenen was rechtte hij de rug terwijl zijn gelaat bewolkte.
'Dat gaat te ver,' mompelde hij tot zichzelf. 'Eerst wordt men door een jongere als Tom Poes beledigd en daarna wordt men door zo'n... zo'n ophakker belachelijk gemaakt. Dat is meer dan een heer... eh... een Bommel verdragen kan!'
Het ritselde in een kuil, aan de rand van de weg, en er rees een waakzame figuur uit omhoog.
'Pas op voor de Maanblaffers!' lispelde deze. 'Ze vermommen zich goed en ze dringen zich overal in! Soms vindt men ze op belangrijke posten. Ze vormen een groot gevaar!'
'Hoe waar is dat!' riep heer Ollie getroffen uit. 'Net wat ik dacht! Is markies de Cantecler een Maanblaffer of is hij het niet? Dat is de vraag dacht ik, als u begrijpt, wat ik bedoel! Zou het mogelijk zijn...?'
'Men kan ze herkennen,' hernam de ander geheimzinnig. 'Aan hun rode... aan hun grote... aan hun driftgraad! Men kan hun driftgraad meten!'
Heer Bommel liet deze woorden even inzinken en toen begon hij de weg af te lopen, die de markies genomen had.

'Natuurlijk!' dacht hij. 'Dat ik daar niet eerder aan gedacht heb! Die Cantecler is een Maanblaffer, daar wil ik alles onder verwedden. Jarenlang heeft hij me nu al dwars gezeten en voor lelijkerd gezet. Maar pas nu ik lid van de Sociale Ontwaak Partij geworden ben, zie ik het helder in. Hier moet worden ingegrepen, al is het ook hard.'
Zo denkende volgde hij de edelman over de weg, die naar de stad leidde, en daar aangekomen was de eerste die hij tegenkwam commissaris Bas.
'Dat treft!' riep heer Ollie uit. 'Weet u wat daar loopt?'
De politiechef wierp een verbaasde blik in de aangeduide richting.
'De markies,' sprak hij. 'Wat bedoel je, Bommel? Waarom heb je zo'n feestpak aan? Wat is er aan de hand?'
'Ik ben een lid van de SOP,' verklaarde heer Ollie waardig. 'En dat daar is een Maanblaffer! Meet zijn driftgraad, commissaris, dan zult u het zelf zien.'
De hooggeplaatste ambtenaar aarzelde even. Maar de voorschriften van de burgemeester luidden dat de leden van de Sociale Ontwaak Partij de vrije hand hadden en dat de politie zijn volle medewerking moest geven.
'Ik denk er het mijne van,' prevelde hij, 'maar orders zijn orders!'
En met deze woorden ontwrong hij een rookbom aan zijn uniform en wierp die in de richting van de statig voortschrijdende edelman.

De rookbom kwam voor de voeten van de heer de Cantecler tot ontploffing en al spoedig was hij in dichte nevels gehuld.
'Par exemple!' prevelde de markies. 'Een walgelijk staaltje! De omgeving wordt steeds stuitender.'
Hij keek om en wierp door de smookflarden een misprijzende blik op zijn achtervolgers.
'Dacht ik het niet?' hernam hij met een droog kuchje. 'Straatschenders en politiebeambten, die één lijn trekken. Eh bien, het enige wat mij te doen staat is emigreren.'
'Hoort u dat?' fluisterde heer Ollie. 'Hij wil vluchten!'
'Ja,' mompelde de commissaris. 'En zijn reactie is ook verdacht. Een lage driftgraad! Wie had dat kunnen denken? Hm, we zullen de proef nog even voortzetten.'
Met deze woorden haalde hij een flesje uit zijn zak, dat hij met een snelle beweging over de kruin van de markies uitkeerde. Doch deze pinkte slechts een straaltje uit zijn oog en vervolgde waardig zijn wandeling.
'Slijmjurk!' riep de commissaris Bas hem na. 'Moordenaar!'
De politiechef had de proeven goed in het hoofd, dat is duidelijk. Maar op de voortschrijdende edelman hadden ze geen uitwerking.
'Het grauw breekt los,' kon men hem horen mompelen. 'Fi donc, het riekt kwalijk.'

Doch nu schoot commissaris Bas toe om hem in de kraag te grijpen.
'U bent mijn arrestant,' verklaarde hij grimmig. 'Ik schat uw driftgraad ongeveer nul. Maar dat zullen de jongens van de kliniek wel nauwkeurig uitrekenen. In ieder geval is bewezen, dat u een Maanblaffer bent!'
Hij verdween met zijn arrestant om een straathoek en nu trad er uit een zijsteegje een lid van de Sociale Ontwaak Partij te voorschijn.
'Goed zo,' sprak het ventje. 'De Maanblaffers loeren overal. Men kan niet voorzichtig genoeg zijn. Soms vindt men ze op belangrijke posten. Goed zo. U bent nu zo ver, dat u zelf wel eens een driftgraad kunt meten. Hier zijn de middelen. Ga uw gang.'
Zo sprekende diepte hij enkele rookbommen en een flesje uit zijn ruime zakken en overhandigde die aan de verraste heer Bommel.
'Kijk eens aan!' riep deze uit. 'Dat is nu precies waar iemand van mijn stand behoefte aan heeft om de misstanden uit de wereld te helpen. Zo kan er worden aangepakt, als u begrijpt wat ik bedoel! Weg met de Maanblaffers!'
Hij wandelde voldaan weg om zuiverend werk te gaan doen, en kwam zodoende de ambtenaar eerste klasse Dorknoper tegen.

Deze hield halt toen hij heer Ollie in het oog kreeg en fronste de wenkbrauwen.
'Het is goed, dat ik u toevallig tref,' sprak hij. 'Dat bespaart mij een gang. Hoe staat het met het schuurtje?'
'Het schuurtje?' herhaalde heer Bommel onthutst.
'Juist,' vervolgde de beambte. 'Het bouwwerkje, dat u wederrechtelijk hebt opgetrokken in uw tuin. Hebt u het reeds verwijderd? Zo niet, dan zal ik van overheidswege moeten ingrijpen. Maar ik regel het liever in der minne...'
'In der minne?!' riep heer Ollie, die onder het luisteren rood was aangelopen. 'Niks in der minne!! Ik breek mijn eigen goeie schuur niet af, wat dacht je wel?! En overheidswege grijpt er ook niet in, daar zal ik voor zorgen! Wat denk je wel, moordenaar! Slijmjurk!'
Hij viste het flesje drab uit zijn zak en keerde dat bliksemsnel boven het hoofd van de ander uit, waarop hij in een vloeiende beweging de rookbom aan de voeten van de getroffen ambtenaar tot ontploffing bracht. Een kort ogenblik was de heer Dorknoper sprakeloos, doch hij herstelde zich snel.
'Dit zal u niet helpen,' verklaarde hij. 'Integendeel. U hindert een ambtenaar in de uitoefening van zijn functie! Ik zal het moeten aantekenen.'
'Teken maar!' riep heer Bommel grimmig. 'Ik heb je driftgraad door!'

Daarop liep hij met grote passen op een agent toe, die niet ver van daar het toneeltje met gemengde gevoelens had gadegeslagen.
'Arresteer die figuur daar!' sprak hij kort. 'Ik heb zojuist zijn driftgraad gemeten, en die is verdacht laag. Onder nul, als u begrijpt wat ik bedoel.'
De politiebeambte wierp een aarzelende blik in de richting van de heer Dorknoper, die temidden van rookslierten zijn hoed stond te reinigen.
'Hm,' zei hij, 'dat kan ik toch niet zo maar doen? Die meneer is een ambtenaar eerste klasse...'
'Doe wat ik zeg!' hernam heer Ollie met opkomende toorn. 'Ik ben een erkend lid van de SOP, en hij daar is een Maanblaffer! Wacht eens, misschien ben je zelf wel... Wat let me, of ik ga jouw driftgraad ook eens even meten?'
Deze woorden brachten meteen beweging in de agent.
'Niet doen!' riep hij uit, terwijl hij haastig op de hooggeplaatste klerk toeliep. 'Niet doen! Mijn driftgraad wordt al zo vaak gemeten dat de dampen me op de maag zijn geslagen! Ik kan er helemaal niet tegen!'
'Goed,' hernam heer Bommel, de armen kruisend. 'Ik zal dit keer uw slap gedrag door de vingers zien. Maar dan nu ook fors aangepakt! In het cachot met die moordenaar!'

Zo werd de heer Dorknoper dus ook naar de stadsgevangenis gebracht. Het hielp hem niet, dat hij ontkende een Maanblaffer te zijn, en ook commissaris Bulle Bas, die bij de ingang van het sombere gebouw stond bood hem geen bijstand.
'Kalm nu maar,' sprak de politiechef. 'Wij, van de politie, doen alleen maar onze plicht.'
'Dat mag ik horen,' zei heer Bommel, die het groepje gevolgd was om te kijken of het opsluiten wel goed verliep. 'We moeten allemaal onze plicht doen. Het is wel hard werken en goed uitkijken, maar het is een mooie taak!'
'Ja, ja,' gromde de commissaris nors. 'Het is anders wel eigenaardig hoeveel Maanblaffers er eigenlijk altijd hebben rondgelopen!'
'Hoezo?' vroeg heer Ollie onthutst. 'Wat bedoelt u?'
'Kijk zelf maar,' hernam Bulle Bas, naar boven wijzend. 'We zitten overvol door het harde werken van de Sociale Ontwaak Partij. Waar dat heen moet weet ik niet.'
Heer Bommel wierp een blik naar de getraliede vensters waaruit een benauwd geroep naar buiten drong en hij zakte een weinig ineen.
'Erg vol,' gaf hij bedremmeld toe. 'En toch... krachtig aanpakken is het enige... De Maanblaffers zijn een groot gevaar, als u begrijpt wat ik bedoel. Ik ben gewaarschuwd. Hoewel...'
Zijn stem stierf weg in een toonloos gemompel, en hij liep haastig verder.

Toen heer Ollie over de landweg liep, die naar Bommelstein voerde was zijn houding gebogen.
'Er zijn wel erg veel Maanblaffers,' sprak hij peinzend tot zichzelf. 'De gevangenis is er vol mee. Wie had dat kunnen denken? Zou soms... Maar nee, er zijn zo veel hoogstaande lieden lid van de Sociale Ontwaak Partij. En die kunnen niet allemaal ongelijk hebben...'
Zo denkende was hij voor de ingang van zijn huis aangekomen, en daar bleef hij verrast staan toen hij de bediende Joost ontwaarde.
'Wat betekent dat?' riep hij uit. 'Wat heb je nu aangetrokken?'
'Ik ben ook lid van de SOP geworden,' verklaarde de knecht. 'En nu zou ik met uw goedvinden een kleine proef willen nemen.'
Zo sprekende wierp hij een bommetje aan de voeten van zijn werkgever, terwijl hij tegelijkertijd een flesje te voorschijn bracht.
Heer Bommel wachtte echter niet op verdere daden. Bliksemsnel greep ook hij een rookbommetje, en wierp dat naar zijn bediende, zodat een dichte smookontwikkeling de beide figuren al snel aan het oog onttrok.
'De brutaliteit!' stamelde heer Ollie hoestend door de mistflarden. 'Het idee! Maar als je denkt, dat het personeel driftgraden mag gaan meten vergis je je! De enige die dat doen mag is een heer van mijn stand!'

Hij zweeg even wegens ademnood, maar toen de voorjaarswind de dampen had meegevoerd hernam hij toornig: 'Wat mankeert je? Waar is je eerbied voor de werkgever, die je jarenlang de hand boven het hoofd gehouden heeft, als je begrijpt, wie ik bedoel? Mijn driftgraad is door hoogstaande wetenschappelijke lieden gemeten, maar hoe staat het met jou?'
Het was duidelijk, dat Joost geschrokken was van zijn eigen vrijmoedigheid. Hij deinsde met de hoed in de hand achteruit en het viel hem zwaar een weerwoord te vinden.
'D-de m-maanblaffers loeren overal!' prevelde hij met bevende wangen. 'En d-daarom d-dacht ik, met uw welnemen natuurlijk, ik d-dacht, dat ik misschien zo impertinent mocht zijn, wanneer u mij toestaat...'
'Nee,' donderde heer Bommel, 'dat doe ik niet!' Voordat hij verder kon gaan werd hij gestoord door twee leden van de Sociale Ontwaak Partij, die hem op de schouder tikten.
'Goed zo!' spraken ze. 'De Maanblaffers loeren overal. Zelfs in onze eigen gelederen. Men kan niet voorzichtig genoeg zijn, ze vermommen zich goed! Maar gelukkig hebben we dit nu net eens gezien.'
Zo sprekende namen ze de ontstelde knecht in hun midden en voerden hem de weg af, die naar de stad leidde.
Heer Ollie keek ze na, totdat ze over een heuvel verdwenen waren, en neerslachtigheid maakte zich van hem meester.

In de kliniek van de heer Zielknijper heerste een stilte, die slechts verbroken werd door de gejaagde voetstappen van de onderzoeker zelf. Gedreven door zorgelijke gedachten bewoog hij zich nerveus door zijn ontsmette ruimte, terwijl hij prevelde: 'Waar moet dat heen? De halve stad zit in de gevangenis, en nu worden er zelfs al leden van de SOP opgebracht!'
'Kalmte, mijn waarde,' sprak professor Sickbock, die de gangen van de overspannen zielkundige glimlachend gadesloeg. 'Kalmte. Dit alles leidt immers tot een mooi doel? De bevolking zuivert zichzelf, nu wij de zuiverende formule hebben vastgesteld door het meten van de driftgraden! U zult eens zien welk een rust er nu over de stad zal nederdalen!'
De ander hield de pas in en keek de spreker met holle ogen aan. 'Maar hoe moet het nu met de scholen en de bedrijven?' riep hij handenwringend uit. 'De fabrieken en de kantoren raken ontvolkt! Ik ben bang, dat deze beweging mij uit de hand is gelopen; er zijn veel meer Maanblaffers, dan ik aanvankelijk dacht!'
'Geen nood,' hernam de geleerde sussend. 'De opengevallen plaatsen worden door bevoegde krachten ingenomen, daar sta ik borg voor.'
Dat was waar. Het stadsbeeld van Rommeldam vertoonde het gewone levendige beeld, dat alleen iets ordelijker was dan gewoonlijk. Dat kwam omdat alle voorbijgangers uit leden van de Sociale Ontwaak Partij bestonden.

De volgende morgen stond Tom Poes voor zijn witgeverfde hek en wenkte de melkboer, die juist passeerde.
'Twee flessen,' riep hij.
Doch de aangesprokene wuifde afwerend zonder zijn voertuig tot stilstand te brengen.
'Dat gaat niet langer,' sprak hij met dorre stem. 'Bent u een Maanblaffer of bent u het niet? Aan niet-partijleden wordt niet meer geleverd.'
Hij verdween bij een wegkromming uit het gezicht en Tom Poes had het nakijken.
'Geen melk vandaag,' zei hij bekommerd tot zichzelf. 'Hm, ik zal naar Bommelstein gaan om daar wat te lenen. Maar het is toch wel een vervelende toestand.'
Hij ging op weg, maar hoewel het fraai lenteweer was, voelde hij zich bedrukt.
'Het gaat niet alleen om die melk,' dacht hij. 'De hele toestand met die Maanblaffers bevalt me niet; en die SOP-lieden hangen me de keel uit. Er moet een einde aan komen, want ik heb zo het idee, dat het gevaarlijk is. Alleen weet ik nog niet, wat er precies aan de hand is.'
Intussen had hij heer Bommel, die gebogen op zijn stoep zat, in het oog gekregen.
'Maanblaffers loeren overal,' hoorde hij hem mompelen. 'Zelfs Joost heeft mij jarenlang omgeven met spionage en duistere bedoelingen en een te lage driftgraad. Hij had mij wel kunnen vergiftigen! Maar hij heeft het niet gedaan en nu vraag ik mij af, wat ik eigenlijk bedoel.'

Tom Poes ging naast hem zitten en schudde het hoofd.
'Het is allemaal onzin,' zei hij. 'Er moet een einde aan komen.'
'Onzin?' riep heer Ollie uit. 'Er moet toch orde zijn? Op alle gebieden zien we onrust en rare toestanden. Er moest iets gedaan worden, want anders gaan we naar een chaos. Daarom ben ik lid geworden van de Sociale Ontwaak Partij. Terug naar de prettige rustige tijden, die mijn goede vader zo mooi beschrijven kon. Maar nu... ik bedoel: wij van de SOP, als je begrijpt wat ik bedoel...'
Hij werd in zijn vertoog gestoord door de nadering van zijn buurvrouw, juffrouw Doddel.
'Heb je een flesje melk voor me, Ollie?' vroeg ze reeds van verre. 'De melkboer wilde me niet meer leveren omdat ik geen lid van de SOP ben.'
Deze woorden schokten heer Bommel. Hij wilde een hoffelijk antwoord geven, maar nu werd hij een hand gewaar, die vanachter de toren een bolvormig voorwerp naar zijn buurvrouw wierp.
'Pas op!' riep hij nog; maar het was reeds te laat. Het bolletje kwam tot ontploffing en onttrok het vrouwtje door een dicht rookgordijn aan het oog.
'Even de driftgraad van de dame meten!' riep het SOP-lid, dat nu van achter het metselwerk te voorschijn sprong. 'Is zij een Maanblaffer of is zij het niet? Dat is de vraag!'

Heer Bommel sprong trillend van toorn overeind.
'Dit gaat te ver!' riep hij uit. 'Zo behandelt men geen dame; Ontwaak Partij of niet!'
Met deze woorden gaf hij het onthutste SOP-lid een kaakslag, die hol door het lentelandschap galmde. De gevolgen waren verschrikkelijk; niet alleen vloog de hoed de ongelukkige van het hoofd, doch ook de kop schoot hem van de romp.
Hij stortte dan ook met een doffe klap ter aarde en terwijl zijn hoofd met een wezenloze glimlach op een stalen veer heen en weer wiegde rolde er een groot aantal schroefjes en radertjes uit zijn boord.
Het voorjaarswindje joeg de laatste dampen uiteen, zodat ook juffrouw Doddel een duidelijk beeld van het gebeurde kreeg en Tom Poes rende verbaasd nader.
'Natuurlijk!' riep hij uit. 'Dat hadden we kunnen weten, heer Ollie!'
Heer Bommel gaf geen antwoord. Hij stond handenwringend naar de verslagene te kijken en een doffe zucht ontsnapte hem.
'Hoe vreselijk!' stamelde hij. 'De kracht van een heer is iets verschrikkelijks! Wat heb ik gedaan? Zo'n jong leven, in de knop gebroken...'

'Trek het je niet zo aan, Ollie,' zei juffrouw Doddel troostend. 'Het was zijn eigen schuld. Zo'n ongemanierd iemand, he? En jij was echt ridderlijk hoor! Enig, zoals je het voor mij opnam!'
Tom Poes had zich intussen over het getroffen SOP-lid heen gebogen en ontdeed het met vlugge beweging van kleding en hoofd, zodat hij alleen de romp overhield.
'Kijk eens, heer Bommel!' zei hij, terwijl hij deze resten omhoog hield.
De aangesprokene liet de handen zinken en staarde bevreemd naar de stalen veren, die zachtjes in de lentewind heen en weer bewogen.
'Gewoon een soort robot,' hernam Tom Poes. 'Er zitten een paar geluidsbandjes in; van die hele kleine, u weet wel. Daarom zeggen deze figuren alsmaar dezelfde dingen. En voor de rest bewegen ze door een soort radiografische besturing in hun hoed.'
'Besturing in hun hoed?' herhaalde heer Ollie verbouwereerd. 'M-maar dan... dan is het dus niet een ècht iemand, die ik in mijn toorn geveld heb, als je begrijpt wat ik bedoel. Dan is het dus machinaal! Aha, net wat ik al dacht. Maar ik zal ze weten te vinden! De kracht van een heer is iets verschrikkelijks.'
Zo sprekende rees hij overeind en rukte zich de zwarte jas van de romp, gereed tot grote daden.

'Komaan,' sprak hij, 'we gaan het hoofdkwartier zoeken! Volg me, jonge vriend. Goede dag, mevrouw, tot ziens.'
Hij begon met grote passen de weg af te lopen, in de richting die naar het bos voerde en Tom Poes volgde hem verbaasd.
'Waar gaan we heen?' vroeg hij.
'Laat dat maar aan mij over,' zei heer Bommel. 'De eerste keer dat ik deze Soppers ontmoette was in het woud. Ze zaten toen op een open plek, die ik me nog zeer goed herinner. Een Bommel heeft een oog voor die dingen. Nou, op die plek zal wel een spoor te vinden zijn, dat naar hun hoofdkwartier voert. Ze zullen er van lusten, allemaal!'
'Wie zal er van lusten?' vroeg Tom Poes. 'Als dit allemaal robots zijn moeten we degenen hebben, die hier achter zitten, lijkt me.'
Heer Ollie gaf geen antwoord. Hij was blijven staan en keek zoekend rond.
'Hier moet het zijn,' mompelde hij. 'Op deze open plek heeft een vuurtje gebrand, en het enige wat wij nu moeten doen is een spoor zoeken, dat naar het hoofdkwartier leidt. Als we nu eens te werk gaan... Hm, hoe doen we dat, bedoel ik?'
'Hier is een soort uitgraving,' zei Tom Poes. 'Achter u.'

Heer Bommel wierp een blik op de uitholling, die Tom Poes aanwees en zonder verder beraad stapte hij er naar binnen.

'Juist,' sprak hij, 'net wat ik dacht. Een hol. Hier heeft de Sociale Ontwaak Partij zijn hoofdkwartier, zie je wel? Er liggen allerlei instrumenten om de driftgraad te meten!'

Hij wees op een zak vol rookbommen en flesjes drab, die de bodem bedekten, en een tevreden glimlach krulde zijn lippen. Maar Tom Poes nam niet zo gauw genoegen met de toestand.

'Ja,' zei hij, 'dit is het hoofdkwartier. Maar wat schieten we daar nu mee op? Zijn alle Soppers robots, of niet? En als ze het wel zijn, wie heeft ze dan gemaakt? Trouwens, we weten niet eens wat er met die Maanblaffers aan de hand is!'

'Je zeurt,' hernam heer Bommel, een rookbom ter hand nemend. 'Ik heb genoeg van de SOP-beweging, en ik ga ze ontmaskeren. En over Maanblaffers wil ik niets meer horen. Mijn maat, als heer en als Bommel is vol, als je begrijpt wat ik bedoel!'

Met deze woorden hees hij de zak op zijn rug, propte de zakken vol met flesjes en begaf zich vastberaden naar de uitgang om aan zijn zuiverend werk te beginnen. Tom Poes bleef echter achter.

Hij had in de wand een deurtje ontdekt en besloot om te gaan kijken waartoe dat toegang gaf.

'We moeten weten, wat er achter zit,' dacht hij. 'Want anders kunnen we er nooit een einde aan maken.'

Toen heer Bommel naar buiten wilde stappen, merkte hij tot zijn verrassing, dat een groepje leden van de SOP op de open plek aan het vergaderen was.
Ze zaten om een vuurtje geschaard, juist zoals hij ze de eerste keer had aangetroffen, en een van hen voerde het woord.
'De Maanblaffers zijn overal!' sprak hij. 'Pas op. Ze vermommen zich goed, en soms vindt men ze op belangrijke posten. Men kan ze herkennen aan hun... aan hun... rrt, zzz...'
'Zijn geluidsbandje is een beetje afgelopen,' prevelde heer Ollie. 'Wacht, ik zal hem wat te denken geven!'
Hij greep een rookbommetje uit zijn zak, die hij over de schouder droeg, en wierp die in de kring. Het akelige voorwerp doofde het vuurtje in een dichte rookontwikkeling, die de spreker grotendeels aan het oog onttrok, doch niet sprakeloos maakte.
'Men kan ze herkennen aan hun lage driftgraad,' vervolgde hij met krachtiger stem. 'Ze vormen een groot gevaar, en om dat tegen te gaan hebben we een partij opgericht; de Sociale Ontwaak Partij. De SOP, kort gezegd...'
'Zo'n lage driftgraad heb ik nog nooit gezien!' sprak heer Bommel grimmig tot zichzelf. 'Geen wonder; het zijn robots! En dan te bedenken, dat ik de leiding van deze beweging heb willen overnemen... Hm, een heer moet toch oppassen, dat hij niet te veel aan zijn aandoeningen toegeeft. Maar het is gelukkig nog niet te laat; ik weet wat me te doen staat!'

Commissaris Bas stond wat verveeld op een van de uitgestorven pleinen van Rommeldam. Het enige verkeer werd gevormd door ordelijk voortstappende leden van de SOP, en het was lang geleden, dat hij ergens een overtreding had vastgesteld. Maar aan zijn nietsdoen kwam een onverwacht einde toen heer Bommel door de westelijke stadspoort naar binnen marcheerde.
'Ik heb ze op heterdaad betrapt, heer Bas!' riep hij uit. 'Reken ze maar in!'
'Wie nu weer?' vroeg de politiechef verontrust. 'Ik heb werkelijk geen plaats meer in de gevangenis!'
Heer Ollie wees met zijn duim achter zich, waar een groepje SOP-leden door de poort dromde.
'Die daar,' verklaarde hij. 'Ik heb hun driftgraden gemeten in het bos, waar ze hun geluidsbandjes aan het afrollen waren. Ze deugen geen van allen; allemaal Maanblaffers! En als u ze laat onderzoeken, zult u zien, dat het robots zijn, met radio-ontvangers in hun hoeden, als u begrijpt wat ik bedoel. Gelukkig kwamen ze gehoorzaam mee, toen ik hen op hun verdachte driftgraad wees.'
Op dat moment kreeg hij enkele andere zwart geklede voorbijgangers in het oog. Met een gesmoorde uitroep vervolgde hij zijn weg, terwijl hij een rookbom uit zijn zak viste, en de hooggeplaatste beambte oogde hem vol vraagtekens na.
Intussen sloop Tom Poes door de onderaardse gang, die hij achter het deurtje gevonden had. Want hij wilde in de eerste plaats weten, wat er achter de SOP-beweging zat.

Ook burgemeester Dickerdack maakte zich ernstige zorgen over de gang van zaken, en daarom was hij naar de kliniek gegaan waar zijn gemeenteleden op hun driftgraden en achtergronden wetenschappelijk werden onderzocht. Daar trof hij echter alleen professor Sickbock aan.
'Momenteel is het rustig,' verklaarde deze desgevraagd. 'Wanneer ik me niet vergis zijn we de plaag der Maanblaffers meester. De stad is grotendeels gezuiverd, mijn waarde! U kunt zich ontspannen.'
'Ontspannen?!' riep de burgemeester uit. 'Hoe kan ik dat, wanneer alle burgers Maanblaffers blijken te zijn? Alle oude vrienden en bekenden hebben te hoge of te lage driftgraden en ik sta hier als enige normale!'
'Daar zou ik niet al te zeker van zijn,' hernam de geleerde met een eigenaardige glimlach. 'Ik vraag me af, of u wel eens wetenschappelijk doorgemeten bent. Nee, ik raad u aan om héél kalm te blijven, en alles rustig aan bevoegde geleerden over te laten, werkelijk!'
Nu brak het kille zweet de magistraat uit, en hij slikte moeilijk. 'J-ja, ja, g-goed,' stamelde hij. 'M-maar wat m-moet ik met al die m-maanblaffers be-ginnen? Ik weet m-me geen raad!'
'Laat het maar aan mij over,' sprak de professor sussend. 'Om te beginnen moesten we de bezittingen van de gevangenen maar in beslag nemen voor een wetenschappelijk doel. De kosten van het onderzoek zijn hoog. En tenslotte moet het u iets waard zijn om het hoofd van een maanblaf-vrije gemeente te wezen.'

Heer Bommel waarde als een wrekende heer door de goede stad Rommeldam en kwam zodoende ook terecht bij de kliniek van doctorandus Zielknijper. Deze ruimte was door de zuiveringen geheel ontvolkt, zodat heer Ollie vrij toegang had.
'Maanblaffers!' riep hij uit, een deur openwerpend. 'Robots! Stop je geluidsbanden en meld je bij de politie...'
Zo sprekende wierp hij met een geoefend gebaar een rookbom in het vertrek, dat voor hem lag, en eerst toen merkte hij, dat dit bevolkt werd door de burgemeester en professor Sickbock.
'Niet d-doen!' riep de eerste uit de rookwolken. 'Laat d-dat! Ik ben de enige, die hier nog normaal is, en eh... Ik wil niet in de gevangenis!'
'Zo!' hernam heer Ollie streng. 'Een mooie boel is dat. De hele gemeente is in handen van de SOP-beweging met radio's in hun hoeden terwijl eerlijke lieden als Maanblaffers zijn opgesloten. En wat doet de burgemeester? Praatjes maken met de een of andere witkiel... Eh, wie was dat, waar u praatjes mee maakte, als u begrijpt wie ik bedoel? Ik ken hem!'
Hij wierp een strenge blik om zich heen, maar in de dichte smook viel het hem niet mee om de inzittenden te ontwaren. Het zou trouwens niet geholpen hebben, want professor Sickbock had van de verwarring gebruik gemaakt door het vertrek ijlings te verlaten.
'Robots,' mompelde hij gejaagd. 'Geluidsbandjes! Er is iets mis gegaan! Ik moet mij reppen!'

Tom Poes had de onderaardse gang gevolgd, totdat hij opnieuw voor een deur kwam. Deze bleek toegang te geven tot een grote ruimte, die vol eigenaardige machinerieën stond. Op het moment dat hij binnentrad plofte er juist een SOP-lid uit een trechter. Het ventje werd opgevangen op een glijbaantje, dat naar beneden voerde, en het kwam zodoende terecht voor een bank waarop reeds twee collega's gezeten waren. Deze schonken echter geen aandacht aan hem. Ze zaten onbewogen voor een luidspreker, waaruit een eentonige stem klonk.

'Maanblaffers vermommen zich goed en ze dringen zich overal in,' sprak deze. 'Soms vindt men ze op belangrijke posten. Ze vormen een groot gevaar...'

'Juist,' dacht Tom Poes. 'Hier worden de robots gemaakt, en hun geluidsbanden gevoed. Zo leren ze praten. Maar er moet meer zijn.' Hij liep zoekend door de zaal, totdat hij een schijf gewaar werd, die in de zijkant van een toestel bevestigd was.

'Dit lijkt me een soort regelaar,' vervolgde hij tot zichzelf. 'Hiermee zal de produktie van de Soppers wel bestuurd worden. Als ik dat geval nu eens stil kon zetten zou ik al een eindje zijn. Maar hoe doe ik dat?'

Hij bestudeerde peinzend de vreemde tekens op de wijzerplaat, maar in deze bezigheid werd hij gestoord door het geluid van snel naderende voetstappen.

Ergens in het duistere gewelf werd een deur dichtgeslagen, en daarop verscheen professor Sickbock plotseling in het gedempte licht. Een enkele blik was voor de geleerde voldoende om de toestand op te nemen.

'Ei, ei!!' riep hij met een stem, die raspend door de ruimte sneed. 'Dacht ik het niet? Een indringer! Weg daar bij de regulator, ventje! Kom onmiddellijk hier!'

Deze woorden waren voor Tom Poes het bewijs, dat hij een belangrijk onderdeel voor zich had. Daarom stak hij snel een hand uit en begon de wijzer die het bord sierde, rond te draaien.

'Laat dat! Laat dat!' kreet de hooggeleerde met overslaande stem. 'Ge zult de subtronische kwintenbaan in het ongerede brengen!'

Zo roepende sprong hij de treden van het trapje af en snelde, glijdend over de gladde vloer, nader. Hij zag echter, dat hij niet op tijd zou komen en daarom gooide hij het over een andere boeg.

'Goed dan, goed dan,' hernam hij hijgend. 'Draai maar. De gevolgen zijn voor uw rekening. Wanneer ge de manipulator over de rode streep brengt, wordt de kohesie der partikelen verbroken en dan volgt er een ramp.'

Maar Tom Poes liet zich hierdoor niet afschrikken. Hij gaf een ruk aan de wijzer, en terwijl de ontzette hoogleraar de handen voor het gezicht sloeg trok hij hem tot onder de rode streep.

Commissaris Bulle Bas had zijn doelloze ronde door de stad hervat en stapte landerig door de verstilde straten. Plotseling echter werd zijn aandacht getrokken door een vreemd onderaards gedreun, dat langzaam aanzwol en dat zijn laarzen deed trillen. Ongerust hield hij de pas in en nu viel zijn oog op een putdeksel waaruit enige damp ontsteeg en dat schokkende bewegingen maakte.
'Donders!' prevelde de politiechef. 'Er schijnt werking in het riool te zijn. Giergassen, denk ik. Of zouden de Maanblaffers hier achter zitten? Ik kan beter maatregelen nemen voordat...'
Op dat moment werd het deksel met kracht omhoog geworpen, en terwijl de hooggeplaatste beambte, met het oog op zijn uniform, haastig achteruit deinsde, rees er een gedaante uit de ontstane opening omhoog. Het was professor Sickbock.
Zonder zich te storen aan de onthutsing die hij teweegbracht sprong hij op het plaveisel en snelde voort, totdat hij om een straathoek verdween. De commissaris, die het evenwicht verloren had, zat hem glazig na te kijken, en pas toen Tom Poes uit de put kwam klimmen vond hij iets van zijn spraak terug.
'Wat moet dat?' mompelde hij. 'Wat gebeurt er daar beneden?' Huh?'
'Kom gauw mee!' riep Tom Poes. 'Het is afgelopen met de SOPpers! Zorg dat u uit de buurt komt!'

In de kliniek was de rook intussen opgetrokken en burgemeester Dickerdack zat hoestend en met vervallen trekken tegenover heer Bommel.
'Een te lage driftgraad!' riep die. 'U bent een Maanblaffer!'
'Oh, nee...' stamelde de magistraat. 'Dat ben ik niet, ik weet het zeker!'
'Ach wat,' hernam heer Ollie. 'Begrijpt u het dan niet? We zijn allemaal Maanblaffers, als het er op aan komt! Het ligt er maar aan, hoe de driftgraad gemeten wordt.'
Deze woorden verontrustten de vooraanstaande burger zeer.
'M-maar dat be-betekent, dat er geen Maanblaffers bestaan!' bracht hij er handenwringend uit. 'W-want ik w-weet z-zeker...'
Hier werd hij onderbroken door het binnentreden van doctorandus Zielknijper, die zich niet bewust was van de spanningen, die er in de onderzoekkamer heersten.
'Ik heb zojuist een lid van de Sociale Ontwaak Partij onderzocht,' verklaarde hij tevreden. 'Heel bevredigend, werkelijk! De eerste keer dat ik een volkomen normaal persoon onder ogen heb gehad. Reacties, driftgraad, achtergronden; alles heerlijk normaal. Zo moest iedereen zijn!'
'Welk SOP-lid?' vroeg de burgemeester verslagen.
Maar voordat hij verder kon gaan viel heer Bommel hem in de rede.
'Praat me niet over SOP-leden!' riep hij. 'Daar weet ik alles van.'

Hij wilde uitvoerig uitleggen, wat hij precies wist maar nu kwam Tom Poes naar binnen rennen.
'Het is afgelopen!' riep die. 'Ik heb een einde aan de boel gemaakt, tenminste, dat hoop ik!'
'Wat bedoel je?' vroeg heer Bommel verrast. 'Waar heb je een einde aan gemaakt? Aan de Maanblaffers?'
'Ach wat,' zei Tom Poes ongeduldig. 'De enige Maanblaffers zijn immers de leden van de Sociale Ontwaak Partij! Ik heb ontdekt, waar de toestellen staan, die Sickbock's robots in elkaar zetten, en ik geloof, dat ik die dingen onschadelijk heb gemaakt.'
'Welke dingen?' vroeg heer Ollie ontstemd. 'Ik hoop, dat je niet iets ondoordachts hebt gedaan, jonge vriend! Waarom heb je mij niet eerst even geraadpleegd? Je weet toch, dat ik juist een scherpe kijk op die zwarte Soppers begon te krijgen. Persoonlijk heb ik heel wat driftgraden gemeten.'
'Die driftgraden zijn onzin,' hernam Tom Poes ongeduldig. 'Allemaal ideeën van Sickbock! Maar nu is het met hem afgelopen! Ik heb...'
Verder kwam hij niet, want op dat moment klonk er ergens onder zijn voeten een ontploffing, die het hele gebouw op zijn grondvesten deed schudden en die de inzittenden van de voeten wierp.

Op straat was de explosie nog beter waarneembaar. Daar werden de klinkers uit het wegdek gerukt om doorgang te verlenen aan kwade dampen en leden van de Sociale Ontwaak Partij, die hoog de lucht in werden geslingerd.
Commissaris Bulle Bas, die zich wat aarzelend had teruggetrokken toen Tom Poes hem waarschuwde, kwam die middag voor de tweede keer ten val. Hij zat versuft aan de rand van de rioolkrater en staarde glazig naar het gelaat van een Sopper dat zachtjes op een veer heen en weer wiebelde. De geoefende politieman was danig de kluts kwijt en het was een opluchting voor hem toen hij de bekende gestalten van Tom Poes en heer Bommel door de rookflarden nader zag komen.
'W-wat betekent dit toch allemaal?' vroeg hij op klagende toon. 'Dit is een aanslag, dat is duidelijk! Maar wie zit hier achter? Is het een Maanblaffers-streek?'
'Maanblaffers zijn Soppers, heer Bas!' verklaarde heer Bommel. 'En Soppers zijn robots. Maar de jonge vriend heeft ze een beetje opgeblazen en nu is er dus niets meer te vrezen.'
'Nee, niets meer,' voegde Tom Poes er aan toe. 'Nu de centrale is ontploft zijn alle Soppers poppen geworden, omdat de ontvanger in hun hoeden niet meer werkt. U zult geen last meer van ze hebben!'
'Zo is het, als u begrijpt, wat hij bedoelt,' vulde heer Ollie aan.

Commissaris Bulle Bas krabbelde langzaam overeind en zette zijn pet recht.
'Deze heer is een lid van de Sociale Ontwaak Partij!' sprak hij op een uit elkaar gesprongen figuur wijzend. 'Maar het komt me voor dat hem iets lelijks is overkomen. Hij ziet er uit als een losbol. Hm. Opgeblazen zei u, meneer Bommel?'
De aangesprokene was alweer verder gelopen zonder uitleg te geven, maar nu naderde de burgemeester het terrein van de verwoesting.
'Alles is anders dan we dachten, Bas,' sprak de magistraat. 'De leden van die partij hebben niet langer de vrije hand, want ze hebben alleen maar een raderwerkje van binnen. We zijn misleid. Laat daarom alle arrestanten vrij!'
'Alle arrestanten vrij?' riep de politiechef uit. 'En de verkeerde driftgraden dan? Het zijn allemaal Maanblaffers, dat is wetenschappelijk vastgesteld!'
'Je hebt gehoord, wat ik gezegd heb,' hernam de burgemeester. 'Ik wil niets meer over de wetenschap horen en ik zal er op toezien, dat de schuldigen zwaar gegrepen worden!'
Hij zweeg, toen de heer Zielknijper om een straathoek kwam rennen. Deze schrok, toen hij de beide overheidsfiguren gewaar werd en hield verblekend de pas in.
'Ik kan het niet helpen,' riep hij op dunne toon. 'Er moet een vreselijke, wetenschappelijke vergissing begaan zijn!'

'Ach wat, vergissing!' riep de burgemeester driftig. 'Je bent een Nul! Je bent een Maanblaffer! En wat meer is; je bent ontslagen uit de gemeentelijke geesteszorg!'
De zielkundige zette de hoed op en wankelde vernietigd huiswaarts.
'Dit is het einde van mijn loopbaan,' prevelde hij met gebroken stem. 'Te bedenken, dat ik meende eindelijk normale persoonlijkheden gevonden te hebben! Ach, ze hadden zo'n rustige driftgraad en zulke stille achtergronden. Wat een prachtige basis zouden ze voor onze verzakte samenleving geweest zijn. Maar helaas, een ontploffing brengt aan het licht, dat het robots zijn. De wetenschap heeft er naast getast...'
Vervuld door deze neerdrukkende gedachten slofte de beklagenswaardige door de verlaten straten en de enige wezens die hij passeerde waren SOPpers, die hem verstard en met wezenloze blikken naoogden. Een aanzwellend rumoer duidde er echter op, dat er een opleving op komst was. En ja hoor! Bij het ronden van een straathoek werd hij een dichte menigte gewaar, die zich tierend en schreeuwend over de gemeente uitstortte. Het waren de burgers van Rommeldam, die waren vrijgelaten.

Heer Bommel en Tom Poes hadden de stad achter zich gelaten en spoedden zich nu door de lentebries naar huis.
'Dat heb ik er toch maar mooi van afgebracht, wat jij?' vroeg heer Ollie. 'Maanblaffers bestaan niet, heb ik altijd gezegd, en ik heb alweer gelijk gekregen!'
'Hm,' zei Tom Poes. 'Ik herinner me toch, dat u een zwart pak aanhad, en dat u het niet goed vond toen ik mijn hek wit schilderde!'
'Een list!' riep heer Bommel uit. 'Gewoon een list! Begreep je dat niet? Trouwens, ik wil nu niets meer over zwarte pakken horen!'
'Mijn livrei is in mijn kamertje, met uw welnemen,' sprak een vervallen stem achter hem. 'Ik vraag verschoning, heer Olivier! Wanneer u zo goed wilt zijn mij binnen te laten zal ik mij terstond van deze betreurenswaardige kleding ontdoen.'
Het was de bediende Joost, die zich onmiddellijk na zijn vrijlating naar Bommelstein gerept had en die zijn werkgever nu vol berouw opwachtte. Deze kruiste de armen en mat de verscheurde knecht met een strenge, doch rechtvaardige blik.
'Goed Joost,' sprak hij tenslotte, niet onvriendelijk. 'Laat het niet weer gebeuren! Je gedrag was hoogst ongepast en je hebt me veel pijn gedaan in mijn gevoelig zieleleven, als je begrijpt wat ik bedoel. Maar een heer is niet haatdragend en ik ben bereid om er over heen te stappen. Maak maar een smakelijke maaltijd klaar, zodat we in een mooie stemming het gebeurde kunnen vergeten.'

De bediende toog dankbaar aan het werk, en een uurtje later diende hij op gepaste wijze de maaltijd op.
'Het is een beetje stilletjes, zo met z'n tweeën,' sprak heer Bommel. 'Eigenlijk had ik de hele stad moeten uitnodigen om iedereen de gelegenheid te geven zijn dank te betuigen. Maar och, een heer is gewend om in stilte zijn eenzaam pad te gaan, en de burgemeester zal nog wel van zich laten horen, denk je ook niet? Want tenslotte ben ik toch degene... eh... Wat kijk je, jonge vriend?'
'O, niets,' zei Tom Poes. 'Ik vraag me alleen af, wat Sickbock nu verder van plan is.'
'Geen nood, geen nood,' zei heer Ollie haastig. 'Zolang jij het jouwe doet, zullen er altijd lieden van mijn stand klaar staan om hem te ontmaskeren, als je begrijpt wat ik bedoel.'
Nu, het is te hopen, dat heer Bommel daar gelijk in had. Want professor Sickbock slaagde er in om een deel van zijn SOP-legertje buiten de stad weer in elkaar te zetten. Met behulp van een Walkie-talkie voerde hij de ventjes nu naar een ander gebied, en het is lang niet uitgesloten, dat ze vandaag of morgen ergens zullen opduiken. De oplettende lezertjes zijn dus gewaarschuwd; wanneer er ergens over Maanblaffers, rode haren en grote voeten of over blauwen of groenen gesproken wordt, dreigt er SOP-gevaar.

# DE BEVRIJDING VAN SOLLIDEE

Het goede stoomschip Albatros lag op vertrek. De laatste kratten en vaten werden in grote haast aan boord gehesen en een vettige walm uit de schoorsteen duidde er op, dat het water aan de kook gebracht werd. Op het dek kon men kapitein Wal Rus driftig heen en weer zien lopen, terwijl hij met krachtige stem de bootwerkers tot grotere spoed aanzette. Het was duidelijk, dat de anders zo kalme zeerob zich ongewoon druk maakte. De reden daarvan was, dat de reder voor het vertrek aan boord wilde komen en hij stelde er prijs op dat zijn schip een nette indruk op de eigenaar zou maken. Daarom keek hij dan ook gehinderd om, toen de tweede stuurman plotseling in getier uitbarstte.
'Dat heb ik net op tijd in de gaten!' raasde deze, terwijl hij het deksel van een grote kist optilde. 'Er uit met die sliklopers!'
'Kalm een beetje, Kabelgaren!' vermaande de gezagvoerder. 'De enige, die hier aan boord mag schreeuwen, ben ik! Wat is er aan de hand?'
'Verstekelingen,' riep de stuurman. 'Deze twee moddertrappers willen voor niks mee naar Sollidee; maar ik had dat kratje direct al in het oog. Het leek me te licht voor gewone lading. Dat zit ze niet glad!'
Kapitein Rus stampte met zware tred naderbij, en nu werd hij een paar hoofden gewaar, die langzaam en schuldbewust uit de kist omhoog kwamen.
'Twee Sollideeërs,' gromde hij ontstemd. 'Een jongen en een meisje, zo te zien. Vort met die lui, voordat de reder komt!'

De beide verstekelingen ontstegen aan hun kist en stonden nu tamelijk ongelukkig voor de kapitein.
'Nou; wat moet dat?!' hernam deze woedend. 'Ga van m'n schip af! Sta daar niet te kijken als een paar laagwaterkrabben!'
'Ze hebben een plunjezak bij zich!' meldde de stuurman, die de zijwand van de kist had neergeklapt. 'Van alle gemakken voorzien. Proviand en tandenborstels. Welja, alsof het niks kost!'
'Schei uit met dat geroep!' schreeuwde de gezagvoerder. 'Ruim de rommel op! Maak het dek schoon! Schiet op, meneer!'
Zijn woorden overstemden het geraas van het laden en bereikten ook de oren van een paar wandelaars, die van de havensfeer genoten.
'Welk een bedrijvigheid,' sprak heer Bommel. 'Er gaat toch maar niets boven een schip, dat op vertrek ligt. Nu is het nog met touwen aan de wal bevestigd, maar straks vaart het de verte tegemoet. Ach, vrijheid en ongebondenheid, dat is het ware, wat jij, jonge vriend?'
Tom Poes wilde iets zeggen, maar op dat moment werd er een plunjezak over de reling geworpen, die zijn metgezel dreunend op de schedel trof.
'Orde en tucht moeten er zijn!' bulderde een rauwe stem boven hun hoofden. 'Over boord, jullie; daar komt meneer Kantenklaar al aan!'
'Hm,' mompelde Tom Poes. 'Zó ongebonden lijkt het me toch niet!'

Heer Ollie richtte zich versuft op maar op hetzelfde moment werd zijn uitzicht verduisterd door het neerkomen van een der verstekelingen, die door een ruwe hand over de verschansing was gezet.
'Parbleu!' sprak de reder, die inmiddels bezig was waardig de loopplank te beklimmen. 'Als dat eh... Bommel niet is! Bezig met een platte rel, zo te zien. Hoogst stuitend. Ik zal de gezagvoerder er op wijzen dat hij zorgvuldiger te werk moet gaan bij het aannemen van bootwerkers.'
Met deze gedachte zette hij voet aan dek, waar hij werd opgewacht door kapitein Rus, die hem vriendelijk groette.
'Welkom aan boord, meneer Kantenklerk,' sprak de zeerob. 'We zijn net klaar. De loods is aan boord en de sleepboten wachten.'
'Eh bien,' mompelde de aangesprokene. 'Wat beduidt die herrie op de kade, amice? Ik ben daar niet op gesteld; het maakt een ordinaire indruk op de bevrachters.'
'O, dat is niets,' zei de gezagvoerder met een brede glimlach. 'Een paar landlubbers, die voor niets wilden meevaren naar Sollidee. Verstekelingen. Dat komt geregeld voor, tegenwoordig. Maar niet op mijn schip, meneer. Ik maak daar korte metten mee.'
'Ik ben blij dat te horen,' verklaarde de reder. 'Sollidee? Met dat land wil ik niets te maken hebben; tenzij het de lading betreft, natuurlijk. Maar overigens kunnen we het beter aan het grauw overlaten.'

Heer Bommel zat nog steeds naast de plunjezak, die hem zo pijnlijk getroffen had. De verdoving was echter aan het wegtrekken, zodat hij een verwarde blik kon werpen op de beide vreemdelingen, die naast hem zaten.
'W-wattister gebeurd?' vroeg hij met weggezakte stem. 'W-waarom s-spsprongen jullie op mijn hoofd?'
'Dat was een ongeluk,' verklaarde de vreemde vogel aan zijn rechterhand. 'Wij werden van de grootboot omlaag gestort door boze zeevaarder. Wij hadden geen geld voor overtocht. En stilletjes meevaren mag niet.'
'Nee, dat spreekt,' zei heer Ollie, terwijl hij voorzichtig overeind krabbelde. 'Men moet altijd voor alles betalen; leer dat van een ervaren heer. En waarom wilden jullie stiekum meevaren?'
'Wij willen naar huis,' legde de ander uit. 'Wij komen uit de arme land van Sollidee. Omreden hier alles beter is en om hier mooi veel centjes te verdienen. Maar is hier koud en vol van stenen; en Sollidee is arm en verdrukt en toen wilden wij weer terug, want centjes is vol van werken.'
'Ja, ja, het valt niet mee,' gaf heer Bommel toe. 'Heimwee, hè? Zelfs naar een achtergebleven land als dat eh... Sol-Idee... Geen wonder met al die misstanden hier. Het is wel hard voor eenvoudige buitenlanders...'
Hij zweeg even en toen trok hij zijn portefeuille met een mooie glimlach.
'Maar jullie zijn in goede handen gevallen,' besloot hij. 'Mijn naam is Olivier B. Bommel; een heer, die altijd pal staat tegen het onrecht. En mijn steun aan onderontwikkelde gebieden is bekend. Ik zal jullie helpen, jonge vrienden, laat het maar aan mij over. Hoe heten jullie?'

Kapitein Wal Rus had de scheepseigenaar naar de kajuit gebracht en daar gastvrij een paar glaasjes ingeschonken.
'Ik drink op een behouden vaart en een ongeschonden lading,' sprak de reder, zijn kelkje heffend.
De gezagvoerder sloeg glimlachend zijn dronk achterover en zuchtte behaaglijk.
'Dat komt in orde,' verzekerde hij. 'De enige moeilijkheid is het lossen in Sollidee. Voor de rest is het een snoepreisje, meneer Kantenklaar!'
Op dat moment werd de deur na een korte klop geopend en trad heer Bommel de hut binnen.
'Goede middag,' sprak hij. 'Ik moet u even storen. Toen ik daarnet op de kade wandelde werd ik getroffen door de heer en mevrouw Lasido en hun bagage, bedoel ik.'
'Donders; als dat Blobbers niet is!' zei de kapitein gemelijk. 'Waar heb je het over, meneer?'
'Over de verstekelingen, vermoedelijk,' prevelde de markies. 'Soort zoekt soort.'
Heer Bommel liet zich door deze onderbreking niet uit het veld slaan. Hij zwaaide met een bundeltje bankbiljetten en hernam: 'Ze werden ruwweg overboord gezet, omdat ze hun overtocht naar Sollidee niet konden voldoen. Zoiets kan een heer natuurlijk niet verdragen en daarom zal ik persoonlijk hun reis betalen.'
De reder hief zijn lorgnon en bestaarde de bezoeker afkeurend. 'Fi donc,' mompelde hij. 'Altijd op de hand van relletjeszoekers.'

Kapitein Wal Rus had intussen de bankbiljetten in ontvangst genomen en telde ze aandachtig.
'Dat is in orde,' zei hij tenslotte.
'Het geld zal best in orde zijn,' gaf de markies uit de hoogte toe. 'Maar ik vraag me af, wat deze Bommel beweegt. Het betalen van de passage voor een paar platte Sollideeërs komt me rood en stuitend voor.'
Nu werd heer Bommel boos.
'Rood en stuitend,' riep hij uit. 'Sollidee is een arm en onderdrukt land, vol onrecht en ellende. En niemand doet iets om te helpen! Maar een heer kent zijn plicht!'
De edelman liet zijn lorgnon zakken en glimlachte fijntjes.
'Parbleu!' sprak hij. 'Ik ken deze praat. Gisteren nog zag ik het janhagel door de stad trekken met beletterde lappen textiel. 'Hulp voor Sollidee' stond er op; zeer vermakelijk! Nee, wanneer ge werkelijk helpen wilt, moet ge zelf naar dat land gaan, amice. Het is al te gemakkelijk om hier flink te doen. Uw getier bezorgt me een migraine.'
Dit was meer dan heer Bommel verdragen kon. Hij rukte de deur van de kajuit open en richtte zich tot Tom Poes en de familie Lasido, die op het dek geduldig op hem zaten te wachten.
'Dit kan ik niet over mijn kant laten gaan,' riep hij tot het onthutste groepje. 'Rood en stuitend, jawel! Maar nu is het uit. We gaan mee, jonge vriend! Persoonlijk zal ik de verdrukking van Sollidee ter hand nemen en daar de orde en de rust herstellen, als iemand begrijpt wat ik bedoel!'

In Rommeldam verspreiden de nieuwtjes zich snel. Toen de markies afscheid genomen had en de loopplank afdaalde werd hij reeds benaderd door de journalist Argus, die met een bloknootje zwaaide.

'Wat hoor ik?' riep de verslaggever. 'Is het waar, dat onze stadgenoot Bommel in Sollidee orde op zaken gaat stellen?'

'Kalm, mijn waarde,' suste de edelman terwijl hij zich naar zijn draagkoets begaf. 'Ge moet niet alles geloven. Hier is slechts sprake van een relletje tussen enkele verstekelingen. Deze eh... Bommel zoekt graag enige goedkope sensatie, dat zal u bekend zijn.'

Door deze woorden liet de ijverige nieuwsjager zich echter niet afleiden. Terwijl de reder uit het gezicht gedragen werd wendde hij zich tot heer Ollie, die persoonlijk aan de verschansing was verschenen. De loopplank werd juist binnen boord gehaald, maar het lawaai daarvan weerhield de wereldreiziger niet om inlichtingen te verstrekken.

'...onrecht bestrijden!' hoorde Argus hem boven het geratel roepen. '...plicht van een heer... persoonlijk ter hand nemen... Gemakkelijk om hier flink te doen!'

Het was niet gemakkelijk voor de journalist om alles te begrijpen, maar wat hij vatten kon schreef hij kundig op, en hij volgde het schip tot het einde van de kade, waar de woorden van de roepende heer in de zeewind verwoeien.

Na een voorspoedige zeereis naderde het goede schip Albatros op een ochtend Sollidee. Het eiland lag kaal in de morgennevels en bood geen gastvrije aanblik, maar toch was de heer Lasido diep geroerd.
'Mooi hè?' riep hij uit. 'De vaderland met de bergen en de vlakte. Niks veranderd.'
'Hm,' zei Tom Poes, die naast heer Ollie over de verschansing hing. 'Het lijkt me een moeilijk land! Weet u al hoe u de zaken hier gaat aanpakken?'
'Nog niet precies,' zei heer Bommel. 'Ik heb de hele reis geprobeerd om te weten te komen waaruit de moeilijkheden eigenlijk bestaan. Maar die vreemde vogels zeggen alleen maar, dat de slechten het land uit moeten. Nu, dat spreekt, nietwaar? Maar voordat ik me persoonlijk op de hoogte heb gesteld kan ik geen plan maken...'
Op dat moment tikte Lasido hem op de schouder.
'We zijn er,' sprak hij. 'Hoeven niet wachten tot grootboot stil staat. Kunnen zelf wel verder gaan en huis zoeken.'
Heer Ollie wendde zich verrast om, maar voordat hij kon vragen wat de ander bedoelde klonk er een geklapper en verhief mevrouw Lasido zich in de lucht.
'Daar gaat Dola,' zei de vreemdeling. 'Ik ook. Hopen, dat u nuttige tijd heb in arme Sollidee. Zullen u helpen wanneer u te veel nood hebt. Want u hebt mooi geholpen met betalen van overvaart, die te groot was voor trek van arme Lasido's.'
Na deze woorden sloeg ook hij de vleugels uit en vloog snel landwaarts.

Een beetje onthutst keek heer Bommel de beide vogels na.
'Is dat nu alle dank?' klaagde hij. 'Ik had een andere aankomst verwacht voor iemand, die dit verscheurde gebied op gaat heffen!'
'Hm,' zei Tom Poes. 'Ze zijn erg op zichzelf, en aan gezelschap hebben ze weinig behoefte.'
'Zo is het,' riep kapitein Wal Rus, die hen van achteren genaderd was. 'Maar je moet het zelf weten, meneer. Ik zal je nu met een sloep aan land laten brengen, want ik blijf hier op de rede liggen. In overgehaalde wallebakkerij heb ik geen zin.'
'Wat b-bedoelt u?' vroeg heer Ollie verblekend.
'Net wat ik zeg, Broddels,' legde de gezagvoerder uit. 'Net wat ik zeg. Veel plezier op dat donderse eiland. Op de terugreis zal ik jullie resten wel af laten halen.'
Heer Bommel begon onzeker de touwladder af te dalen die naar de sloep leidde.
'R-resten?' stamelde hij, toen hij gezeten was. 'W-wat betekent d-dat?'
'Dat betekent, dat je dik in de narigheid komt,' riep de gezagvoerder troostend over de reling. 'Van nu af aan ben je aan jezelf overgelaten, meneer. Je kunt van niemand hulp verwachten; maar ja, je wilde het zelf!'

Toen heer Bommel en Tom Poes aan land waren gezet, bevonden ze zich op een modderige, kale vlakte, die door bergwanden besloten werd.
Enigszins terneergeslagen begonnen ze te lopen, doch het gaan werd ernstig bemoeilijkt door blubber, waarin ze tot aan de enkels wegzakten.
'Wat een omgeving,' zei heer Ollie bedrukt. 'Zó arm had ik me Sollidee niet voorgesteld. Nergens een hotel; het plaveisel is ernstig verwaarloosd, en wat zouden dat voor rare bollen zijn die daar aan de rotsen hangen?'
'Huizen, denk ik,' zei Tom Poes. 'Sollideeërs vliegen immers? Daar bij die ladder staat iemand, misschien kan die ons een paar inlichtingen geven.'
Heer Bommel baggerde in de aangeduide richting en groette met een gedwongen glimlach.
'Mijn naam is Bommel,' verklaarde hij. 'Ik kom dit arme land opheffen, als u begrijpt wat ik bedoel.'
De aangesprokene bekeek hem met een scheef oog en knikte.
'Alweer een,' stelde hij vast. 'Welkom! Mij zijn meester Sol, de Voorvlieger. Wat kunnen mij voor u doen?'
'Ik wil weten, hoe de toestand hier is,' zei heer Ollie. 'Is het waar, dat men hier geen hulp verwachten kan? Wie onderdrukt dit arme land eigenlijk? Spreek vrij uit; voor u staat een heer, die voor de vrijheid vecht tot de laatste druppel, wat jij, Tom Poes?'

'Hier zijn véél hulp te verwachten!' protesteerde de heer Sol. 'In de eerste plaats helpen Sollideeërs zichzelf, en in de tweede plaats hebben wij hulp van goede vreemdelingen, die vechten tegen helpende slechte vreemdelingen.'
'Ik kan het niet helemaal volgen,' zei heer Bommel peinzend. 'Wat bedoelt u precies?'
'Wat ik zeg,' legde de heer Sol uit. 'Goeden willen het goede en Slechten willen het slechte. Maar is wel uitkijken voor arme Sollidees. Die willen niet goed of slecht. Alleen maar Sollidee.'
Terwijl hij sprak keek hij oplettend rond, en voordat heer Ollie verdere navraag had kunnen doen vloog hij plotseling op met de uitroep: 'Pas op! Daar komen Slechten!'
Tom Poes keek in de aangeduide richting en zag een groepje zwaar gewapende figuren uit een rotsspleet te voorschijn stormen. Ze drilden een zware speer en de grootste zwaaide een beslagen knots boven het hoofd, zodat hij begreep, dat het beter was om vrij baan te maken. Hij sprong dan ook snel opzij; maar heer Bommel was niet zo vlug.
Een ogenblik staarde die verstard naar het naderstormende gevaar, doch toen ook hij zich omwendde gleed hij in de blubber uit en stortte ter aarde.
De Slechten schonken geen aandacht aan hem, toen hij uit het gezichtsveld verdween. Keurig in de pas denderden ze over hem heen; daarbij de ongelukkige heer met hun modderlaarzen in de zachte brij tredend.

Tom Poes wachtte totdat het Slechte groepje uit het gezicht verdwenen was en haastte zich toen naar heer Ollie om hem de helpende hand te reiken.
'Tjit tjart... Tit tart iedele beschjijving,' sprak de beklagenswaardige toen hij de mond vrij had. 'Diej lieden zijn dooj en dooj sjlecht!'
'Sta nu eerst even op!' hernam Tom Poes. 'Daar aan de overkant zie ik...'
'Door en door slecht,' vervolgde heer Bommel, die met een klodderige mouw zijn gelaat had afgeveegd. 'Dit arme land wordt door woestelingen platgetrapt. Het gebeurde heeft me de ogen geopend; ik weet nu waar we tegenover staan. Geen wonder, dat de Sollideeërs hun plaveisel verwaarlozen en liever vliegen. Maar ik zal ze helpen! Die Slechten zullen de vuist van een heer voelen! Ik zal...'
'Sta op!' riep Tom Poes gejaagd. 'Van die kant komt er weer een stel aan! Ze zien er anders uit; dat zullen de Goeden wel zijn. Maar ik wil ze toch liever niet afwachten!'
Hij gaf nog een ruk aan de arm van zijn vriend, maar toen die niet meegaf liet hij los en sprong opnieuw naar de kant. Net op tijd overigens, want het groepje dat hij bedoelde denderde met soppende tred nader, en nam zijn loop over de verzakte heer heen, zodat die opnieuw borrelend in de weg verdween.

Het groepje Goeden verdween in de rotsspleet waaruit de Slechten gekomen waren. Nu bevonden Tom Poes en heer Bommel zich dus weer alleen in de modder van Sollidee; doch dit keer richtte de laatste zich uit eigen beweging in een zittende houding op en begon met zwakke stem om politie te roepen.
'Dat helpt niet,' zei Tom Poes. 'Hier is geen hulp te verwachten, zei Wal Rus. We kunnen beter teruggaan.'
'Teruggaan...' prevelde heer Ollie. Zijn besmeurde oogopslag leefde even op, doch doofde onmiddellijk weer.
'D-dat k-kan niet, met al deze misstanden,' hernam hij bekommerd. 'Wat zou de markies wel niet zeggen?'
Op dat moment daalde er een inboorling, die het hulpgeroep gehoord had, en keek hem vragend aan.
'Politie?' vroeg heer Bommel, terwijl hij opstond.
'Wat bedoelt vreemdeling?' vroeg de aangesprokene verbaasd. Het was duidelijk, dat de strekking van deze vraag hem ontging; en ook een tweede Sollideeër die neerstreek kon geen licht op de zaak werpen.
'Kom,' riep Tom Poes ongeduldig. 'Laten we naar het strand gaan. De Albatros is nog niet vertrokken, want ze zijn daar bezig met lossen.'
Heer Bommel wierp een radeloze blik op de twee onbegrijpende gezichten en volgde Tom Poes toen in gebogen houding.
'Vreemdeling vraagt om politie,' mompelde een van de inheemsen, hem naogend. 'Bedoelt hij nu Goeden of Slechten? Weten nooit wat vreemdelingen willen...'

Toen heer Bommel en Tom Poes op het strand aankwamen stond kapitein Wal Rus toezicht op het lossen te houden.
'Recht zo die gaat!' schreeuwde de kapitein. 'Laat de boot maar uitlopen. Zit niet te wiebelen, Arie!'
Op het moment dat de sloep door een golf op het land geschoven zou worden, klonk er achter de gezagvoerder een klagende stem, en hij keek driftig om.
'Alle donders!' sprak hij, 'daar heb je Blubbers weer! Zeker jengelen of je mee terug mag naar moeder's pappot, hè? Ja, meneer, voor deze troep is een overgehaalde landlubber te fijn gebouwd.'
Heer Bommel verbleekte en verschillende gemoedsbewegingen streden onder zijn modder om de voorrang. Doch toen verscheen er een koppig trekje om zijn mond.
'Er is geen sprake van de pappot van mijn moeder, heer Rus,' sprak hij. 'Ik wil niet terug, integendeel. Het enige wat ik wilde vragen is, waar het politiebureau zich bevindt. Of de consul. Ik wens mij te beklagen.'
'Niks beklagen!' snauwde de gezagvoerder. 'Ga een beetje uit mijn vaarwater, Brokkels!'
'Mijn naam is Bommel,' protesteerde heer Ollie. 'En wijs me dan tenminste een goed hotel, waar ik verpleegd kan worden. Ik ben gekwetst en ik heb honger.'
'Zoek zelf maar!' schreeuwde kapitein Rus, rood aanlopend. 'Ik moet hier de overgehaalde hulpverlening uit Rommeldam aan land brengen en jij staat daar achter me te toeteren! Houd je misthoorn dicht, meneer!'

Heer Bommel trok zich verongelijkt wat terug en mompelde in zichzelf, terwijl om hem heen het lossen voortgang vond. Pas toen ook de derde kist op het strand was gedragen, ontspande de kapitein een weinig.
'Wat wilde je nu eigenlijk, Mommel?' vroeg hij. 'Mee terug of niet?'
'Nee,' zei heer Bommel. 'Of eigenlijk... kijk, ik heb er nog eens over gedacht, en ik heb wel begrepen, dat hier Goeden en Slechten zijn. Men heeft mij met voeten getreden en met modder gegooid. Ik ben miskend, bedoel ik; meer dan een heer van mijn stand verdragen kan. Ik bedoel, om kort te gaan...'
'Opzij!' schreeuwde de gezagvoerder. 'Daar heb je die overgehaalde landrotten!'
Met deze woorden sprong hij voorwaarts en met een barmhartigheid die men van de ruwe zeebonk niet verwacht zou hebben wierp hij heer Bommel en Tom Poes terzijde.
'De Slechten!' riep de laatste. 'Daar komen de Slechten weer aan!'
'Slecht of Goed,' zei Wal Rus. 'Dat weet ik niet zo, want ik ben maar een eenvoudige zeeman. Maar ze hebben het op de lading hulpverlening uit Rommeldam voorzien. Blijf dus maar rustig zitten.'
'Rustig zitten!' jammerde heer Ollie. 'Mijn teer gestel kan er niet tegen. Reeds te vaak ben ik verguisd...'
Verder kwam hij niet, want de nader daverende groep was reeds ter plaatse.

Ze bewerkten de lading met knotsen en bijlen en al spoedig vielen de kisten dan ook uit elkaar. De kostelijke inhoud werd op lompe wijze in het strand gebeukt en daarop trok de bende af, zonder aandacht aan de omzittenden te schenken.
'Deze lieden zijn door en door slecht!' sprak heer Ollie geschokt. 'De hele hulpverlening uit Rommeldam is de bodem ingeslagen. Ik verwacht, dat u bij de overheid gaat protesteren, kapitein!'
'Zever niet, Bobbel,' gromde de gezagvoerder. 'De zaak is verzekerd.'
Zo sprekende liep hij naar de vernielde lading toe, waar ook de voorvlieger Sol juist neerstreek.
'Is niet veel over,' merkte deze op. 'Alles in stukjes en bezig in grond te zinken. Wat was het?'
'Televisietoestellen en ijskasten,' verklaarde Wal Rus. 'Onbeschadigd aan land gebracht, laten we dat even vaststellen.'
'Zal wel,' gaf de voorvlieger onverschillig toe. 'Maar niks aan verloren. Hoe staat het met eten?'
De kapitein wendde zich om en tuurde zeewaarts waar een tweede sloep vol kisten naderde.
'Daar,' verklaarde hij. 'Drie kratten. Je kan ze beter bergen, voordat ze tot prak geslagen worden, meneer Knol.'
'Zal niet gebeuren,' zei de ander. 'Ik hoor Goeden komen. Die zullen helpen en voedsel beschermen tegen Slechten zodat er vandaag eten is in Sollidee.'

Heer Bommel had eveneens de nadering van een dichte groep gewapende figuren opgemerkt. Hij wachtte niet af, wat die kwamen doen. Door de ervaringen van die ochtend wijs geworden rees hij haastig overeind en zette het op een lopen.
'Wacht even, heer Ollie!' riep Tom Poes. 'Waar gaat u naar toe?'
'Weg,' hijgde heer Bommel al dravend. 'Ik ben reeds tweemaal bezeerd, en dat is meer dan een heer van mijn stand verdragen kan.'
'Maar deze lieden schijnen Goeden te zijn!' riep Tom Poes. 'Ze komen de voeding beschermen. U hoeft niet te vluchten!'
Heer Ollie hield aarzelend de pas in en wierp een bevreesde blik achterom.
'Vluchten...' mompelde hij. 'Nee, dat past een Bommel niet. Z-zouden het echte Goeden zijn? De vorige Goeden waren niet zo erg goed, als je begrijpt wat ik bedoel.'
'Die hadden haast, denk ik,' hernam Tom Poes. 'Trouwens, u wilde toch orde op de zaken in dit land stellen? Dat kunt u nu doen, want deze Goeden gedragen zich rustig, en ze zullen wel willen helpen.'
Deze woorden brachten de ontdane heer tot bezinning. Hij raapte een knots op, die daar door de Slechten was achtergelaten en rechtte de rug.
'Je hebt gelijk,' sprak hij. 'Ik liet me even gaan. Zelfs een Bommel kent, heel in het verborgene zijn ogenblikken van zwakte. Maar nu zal ik temidden van deze janboel het heft in handen gaan nemen!'

Hij slingerde de knuppel over de schouder en begon terug te lopen in de richting van de kisten, die intussen aan land waren gebracht.
Kapitein Wal Rus was in de sloep geklommen om naar de Albatros te worden geroeid en wuifde ten afscheid.
'Zak niet door, Hobbel!' riep hij. 'Op de terugreis kom ik kijken wat er van je over is!'
Heer Ollie keek niet eens naar hem. Hij wendde zich fier tot de voorvlieger Sol, die tussen enkele Goeden bij de lading stond, en plantte zijn wapen soppend op de grond.
'En nu ter zake,' sprak hij. 'In deze kisten zit voedsel, als ik het goed begrepen heb. Dat is beter dan televisietoestellen, en we moeten de handen inéén slaan om het niet in de grond te laten verdwijnen.'
'Beter niet ineen slaan,' zei de Sollideeër bezorgd. 'Voedsel is eten en eten is goed voor honger.'
'Heb geen angst,' hernam heer Bommel. 'Ik weet wat honger is. Persoonlijk zal ik deze kostbare zaken verdedigen en verdelen. Laten de manschappen zich nu in een kring om ons opstellen, zodat ik niet weer onder de voet kan worden gelopen, en dan zal ik de kratten ontpakken, als u begrijpt wat ik bedoel.'
De gewapende figuren keken elkander verbaasd aan. Toen haalden ze echter hun schouders op en begonnen zich te verspreiden.

De bewoners van Sollidee plachten het grootste gedeelte van hun tijd in de lucht door te brengen. Daar hadden ze minder last van Slechten en Goeden en bovendien hadden ze een betere kijk op de plekken waar voedsel te halen was. Dat bleek ook nu. Toen heer Bommel met het uitpakken van de kisten begon, verzamelden ze zich boven hem en begonnen hongerig rond te cirkelen. De uitpakkende heer werd daar natuurlijk wel een beetje zenuwachtig van, maar toch liet hij zich niet afleiden. Op kundige wijze wrikte hij, met behulp van Tom Poes en de voorvlieger, de planken los, zodat het eten al spoedig zichtbaar werd. Een lawine van blikjes rolde uit het krat op het soppige strand en spoelde hem bijna van de voeten.

'Wel... eh... Hier is voedsel,' zei hij wat onzeker. 'Tast toe. Laten we het eerlijk verdelen, bedoel ik. Hm, misschien is het beter, dat ik die dingen eerst even openmaak...'

Zo sprekende raapte hij een van de blikjes op en begon er aan te vingeren. Dat hielp echter weinig. Zoals handige lezertjes zullen weten is het openen van zo'n ding niet eenvoudig, en al spoedig staakte heer Ollie zijn pogingen.

'Zo gaat het niet,' mompelde hij met verwrongen trekken. 'Sta daar niet zo dom te kijken, jonge vriend. Geef me liever eens een blikopener!'

'Hm,' zei Tom Poes. 'Ik heb er geen bij me. En ik ben bang, dat de hulpverlening in Rommeldam vergeten heeft er een bij te pakken.'

De Sollideeërs in de lucht begrepen de reden van het uitstel niet. Zodra de eerste kist met voedsel geopend was, streken ze in een dichte duikvlucht neer op het strand en de uitpakkende heer trok zich snel wat terug om niet onder de vleugels bedolven te raken.
'Hoe moet dat nu?' vroeg hij zich bekommerd af. 'Zoveel hongerige magen en geen blikopener! Hier sta ik machteloos...'
In het begin was er niemand, die hem daar een verwijt van maakte. Bij de geopende kist was een wild gevecht om blikjes aan de gang en de kratten waren geruime tijd aan het oog onttrokken. Langzamerhand kwam er echter meer tekening in het toneeltje en de verbitterde gelaatstrekken van de strijdenden werden zichtbaar.
'Kom mee, heer Ollie,' zei Tom Poes, terwijl hij zijn vriend met geweld naar de rotsen trok. 'Dit gaat verkeerd. Ze zullen gauw genoeg ontdekken, dat die blikken niet erg voedzaam zijn!'
'Ja,' gaf heer Bommel zorgelijk toe. 'Maar weglopen helpt niet, zoals je weet. We kunnen beter een list verzinnen, bedoel ik. Tenslotte ben ik verantwoordelijk! Er moet toch een manier zijn om die dingen open te krijgen?'
'Als er een manier is vinden ze die zelf wel,' zei Tom Poes. 'Maar als er geen manier is, krijgt u de schuld, omdat u de leiding genomen hebt. U kunt hier weinig goeds doen.'
'Een Bommel doet overal goeds,' mompelde heer Ollie. Maar het klonk zwak en hij liet zich zonder verder tegenstribbelen meetrekken.

Bij de bergwand zochten ze dekking achter een rotsblok, want van daaruit hadden ze een goed uitzicht op het strand.
'Het bevalt me toch niet,' zei heer Bommel. 'Het is niet juist voor een heer om weg te lopen wanneer er zich een kleine moeilijkheid voordoet. Tenslotte heb je me zelf op mijn taak gewezen, toen ik het beter vond om een eindje weg te gaan. En nu laat je me hier lafhartig achter een steen zitten.'
'Het was verkeerd om voor de Goeden te vluchten,' legde Tom Poes uit. 'Dan had u tot de Slechten behoord. Maar nu is het beter om weg te wezen; kijk zelf maar.'
Hij wees op de opgewonden menigte, die in de gaten begon te krijgen, dat het beloofde voedsel niet gemakkelijk te krijgen was. Onder ontstemd geklapper hapte men in het blik en een dreigende sfeer hing om het daarnet nog zo opgewekte toneeltje.
Sol, de voorvlieger, was de eerste, die opzij stapte en sombere blikken in het rond begon te werpen.
'Waar is de vreemdeling, die ons zou helpen?' vroeg hij krassend.
Nu naderde er echter een der Goeden, die tot dat ogenblik rustig op wacht had gestaan.
'Vreemdeling niet Goed,' sprak hij. 'Vreemdeling vol praatjes als zak van lekke blaasbalg. Vreemdeling hoort bij Slechten. Maar volk van Sollidee geen zorgen maken. Hier zijn Goeden, die zullen helpen en maken omhulling open van eten. Beetje opzij gegaan, ja?'

Sol klaarde op.
'Op de zij gegaan!' riep hij uit. 'De Goede bondgenoten van Sollidee gaan bevrijden en maken omhulling open van eten. Op de zij!'
Zijn waarschuwing kwam maar net op tijd, want de Goeden wisten van aanpakken. Nog voordat hij was uitgesproken hadden ze zich in slagorde geschaard en dreunden met geheven wapens over het weke strand nader. De Sollideeërs kozen in grote haast het luchtruim en daar hadden ze groot gelijk in. Want toen de helpers eenmaal bezig waren gingen ze geheel op in het openen der blikjes; hun ijver kende geen grenzen meer, en al spoedig was de lucht vervuld van dreunende knotsslagen en rondvliegend blikwerk.
Met enig nadenken kan men echter begrijpen dat dit niet de manier is om zoiets aan te pakken, vooral wanneer de bodem uit een soort drijfzand bestaat. Het duurde dan ook niet lang of het tumult werd minder en doffer; er klonk een kort bevel en daarop droop het dappere groepje af. Helaas, wat ze achter lieten was een prak van platgeslagen metaal die gedeeltelijk in het zand verzonken was. Ook voor de bevolking, die hongerig boven het jammerlijke toneeltje cirkelde, was het duidelijk, dat hier weinig voedsel te halen viel en hun krassend geroep begon dreigend te worden.
'Is schuld van vreemdeling,' schreeuwden er een paar. En anderen vulden aan: 'Waar is vreemdeling?'

'We moeten maken dat we weg komen!' zei Tom Poes. 'Gauw, ga dat huis binnen!'
Heer Ollie gehoorzaamde. Hij besteeg haastig het laddertje en liet zich in de daarachter gelegen ruimte zakken.
'Hoe vreselijk is dit alles,' klaagde hij met bevende mond. 'Z-ze roepen om m-mij, hoor je wel? Ze willen me kwaad toen. En dat, terwijl ik alleen maar goeds van plan was!'
'Hm,' zei Tom Poes. 'Dat waren de Goeden ook. En wat is er van terechtgekomen? Al die goed bedoelde hulp helpt die arme vogels niet erg.'
'Ik ben blij, dat mijn goede vader je zo niet hoort praten,' hernam heer Bommel. 'De jeugd is hard en gevoelloos. Maar als heer kan ik deze stakkers toch niet in hun nood alleen laten? Ze hebben mijn raad en bijstand nodig, al zijn ze ook te dom om dat te begrijpen. Ik zal ze helpen, als het niet goedschiks kan dan maar kwaadschiks!'
Zo sprekende vergat hij een ogenblik dat hij in gevaar verkeerde. Het naderende geklepper van vleugels bracht hem echter tot de werkelijkheid terug, en hij stiet een gesmoorde kreet uit, toen de deuropening verduisterd werd door een nederdalende Sollidese.

'N-neem me n-niet kwalijk, mevrouw!' stamelde heer Bommel. 'We blijven maar eventjes. Ik bedoel; we zijn maar eventjes naar binnen gegaan. Uw landgenoten waren boos, bedoel ik. En ik wil geen ruzie, als u begrijpt wat ik bedoel.'
'Ik begrijp,' zei de dame. 'Maar u hoeven niet te schrikken. Ik zijn Dola Lasido. U hebben mij geholpen van betalen van reis naar Sollidee van boze kapitein.'
'De verstekelingen,' mompelde Tom Poes begrijpend, en toen ging ook voor heer Ollie een licht op.
'O, dat?' sprak hij oplevend. 'Dat was maar een kleinigheid. Het was mij een genoegen. Als ik nu een ogenblik van uw gastvrijheid gebruik mag maken, totdat de kust veilig is...'
De dame liet hem niet uitspreken.
'U helpen ons en mij helpen u,' zei ze eenvoudig. 'Wachten hier tot donker is en zullen u dan naar veilige plaats brengen.'
Zo gebeurde het. Toen het avond was geworden en de maan een helder schijnsel over het verlaten dorp wierp, kon men mevrouw Lasido uit haar deuropening zien vliegen. Heer Bommel klom er moeizaam achter aan, ondersteund door Tom Poes.
'Het is vreselijk,' prevelde hij. 'Ik, die bekend ben om mijn goede daden, moet bij nacht en ontij vluchten als een misdadiger. En wie weet waar we heen worden gebracht...'

De Sollideeërs waren vroeg-slapers. Wanneer de zon onder was, trokken ze zich in hun huizen terug, en het dorp was geheel verlaten toen heer Bommel gevolgd door Tom Poes met zijn redster langs de rotswand sloop.
'Waar gaan we heen?' vroeg heer Ollie beklemd. 'Ik ken de toestanden hier niet zo. Er zijn Goeden en Slechten, dat heb ik wel begrepen. Maar de Goeden hebben de levensmiddelen in het strand geslagen en dat was toch niet zo aardig van hen. Kunt u mij even uitleggen wat de Goeden en de Slechten eigenlijk precies willen?'
'Niet zo erg,' zei mevrouw Lasido. 'Maar ik zijn ook maar vrouw van weinig weten. Zou beter zijn als arme Sollidees niet steeds geholpen werden, zou ik denken. Hadden dan misschien eten van schip open kunnen maken met scherpe steentjes.'
'Een goed idee,' hernam heer Bommel verrast. 'Ik had het zelf kunnen bedenken! Hm, misschien waren die Goeden de Slechten wel, wat denk jij, jonge vriend?'
Tom Poes hoorde de vraag echter niet. Hij keek vol belangstelling naar een stuwdam die bij een kromming in de vallei voor hen oprees.
'Hebben Goeden daar gebouwd,' verklaarde de dame. 'Om te maken dat wij bevrijd worden van watersnood. Maar sommigen zeggen, dat Slechten hem hebben gebouwd. Om Sollidees van water te beroven, zeggen zij.'

'Heel leerzaam,' zei heer Bommel. 'Maar het is niet eenvoudig voor iemand in mijn vervolgde toestand. Weet u een veilige plaats?'
'Misschien wel,' zei Dola Lasido. 'Weet niet zeker...'
Verder kwam ze niet, want op dat moment streek Sol, de voorvlieger, plotseling voor hen neer.
'De vreemdeling!' riep hij krassend. 'Hebben lang naar u gezocht. Waarheen, zo laat?'
Heer Ollie was hevig geschrokken, en het kostte hem moeite om zijn koelbloedigheid te hervinden.
'Ikke... eh... z-zoeken een veilige p-plaats,' stamelde hij. 'Ik bedoel... eh...'
'Is beter dat vreemdeling een beetje weggaat,' legde Dola uit. 'Iedereen boos van stukslaan van eten. Niet prettig.'
'Niet prettig,' gaf de hooggeplaatste Sollideeër toe. 'Weggaan misschien beter. Maar waarheen?'
'Daar boven aan stuwdam,' hernam de dame. 'Daar wonen bevrijders.'
'Hoho!' hernam de voorvlieger ontstemd. 'Daar wonen niet Goeden, maar Slechten. Als vreemdeling naar Slechten wil is hij zelf slecht!'
'Ik ben goed!' riep heer Ollie uit. 'Maar als de Goeden slecht doen, zijn de Slechten misschien goed, en dan zou ik als heer...'
'Genoeg,' zei Sol streng. 'Ga naar huis, vrouw Lasido. Laat vreemden eigen weg gaan.'
'Kom mee,' zei Tom Poes haastig. 'We zullen zelf moeten uitvinden wat in deze warboel goed of slecht is. Laten we die dam beklimmen.'

Heer Bommel gehoorzaamde, en begon een stenen trap te bestijgen. 'Wat wacht ons daarboven?' vroeg hij zich bekommerd af. 'Het dal was vol modder en miskenning.'
'Deze treden zijn tenminste droog,' zei Tom Poes. 'Ik vind dat een vooruitgang, want ik houd niet van blubber. En misschien wonen daarboven lieden die normaal kunnen denken.'
'Laten we dat hopen,' beaamde heer Ollie. 'Helder en logisch denken daar houd ik van. Een heer wil graag weten, wat goed en wat slecht is, anders is er geen opheffen aan, zeg nu zelf.'
'Hm,' zei Tom Poes.
'En kijk,' vervolgde heer Bommel met oplevende stem, 'daar boven zie ik zowaar groen! Daar schijnen bomen te groeien!'
Dat was waar. Toen ze de top van de stuwdam bereikt hadden stonden ze plotseling voor een groot meer. De oevers waren bedekt met een weelderige plantengroei en de maan wierp een breed pad over het heldere water, zodat een grote vrede zich van de beproefde heer meester maakte.
'Kijk nu toch eens,' fluisterde hij. 'Welk een natuurschoon. Dit is een weldaad voor het zere oog van iemand, die het goede zoekt. Hier kan geen slechtheid heersen, zeg nu zelf, jonge vriend.'
'Ik hoop dat u gelijk hebt,' zei Tom Poes aarzelend. 'Er is in ieder geval niemand in de buurt en dat is al heel wat.'
Maar daar vergiste hij zich in. Vanaf een rotsblok werden ze beloerd door een donkere gedaante.

Het was een schildwacht, die zich naar beneden haastte en met gevelde speer op de reizigers toetrad.
'Hebben jullie een pasje?' blafte hij vanonder zijn gepluisde pet. 'Wat zoeken jullie hier?'
'Ik eh... we z-zoeken n-niets...' stamelde heer Ollie, die zich met ijzeren wilskracht van de schrik herstelde. 'Ik bedoel; we zoeken de Goeden. De bevrijders van Sollidee als u begrijpt wie ik bedoel. Ik heb besloten de leiding op me te nemen, wat jij, Tom Poes?'
'Geen pasje dus,' hernam de krijger. 'Spionnen, he? Handen omhoog, jullie. Ik zal je naar de officier van de wacht brengen, daar kan je je praatjes kwijt!'
Zo sprekende richtte hij zijn prikwapen tegen de gevulde tors van heer Bommel, zodat deze haastig de armen boven het hoofd stak. Tom Poes begreep echter, dat men met één speer niet op twee gevangenen tegelijk kan mikken.
Hij nam dan ook een sprong naar de laarzen van de soldaat en trok een er van krachtig omhoog. De ongelukkige liet zijn wapen los en terwijl hij een gesmoorde kreet slaakte, tuimelde hij over de borstwering van de stuwdam en kwam met een zware plons in het meer terecht.
'Net goed,' zei heer Bommel verlicht opademend. 'Het was héél vreselijk, wat deze schildwacht een meerdere durfde aandoen. Geen wonder, dat de goeden een slechte naam krijgen in dit land!'

Hij boog zich over de leuning om de drenkeling een vermaning toe te roepen, maar toen zag hij beneden in het water de onhandig spartelende ledematen van de krijgsman, en hij schrok.
'Kijk nu toch!' riep hij ontdaan. 'Hij kan niet zwemmen!'
'Laat hem,' zei Tom Poes. 'Hij is vlak bij de oever, en we moeten zorgen weg te zijn voordat hij aan land komt. Lopen, heer Ollie! De andere kant uit!'
Heer Bommel deed aarzelend een pasje, maar toen er een zwak hulpgeroep uit de diepte klonk werd het hem te veel.
'Nee,' sprak hij, terwijl hij de leuning beklom. 'Dat had je toch niet moeten doen, jonge vriend! De stakker deed zijn plicht en nu is hij in nood!'
'Wat gaat u doen?' riep Tom Poes toespringend. 'Laat hem! Van dat soort figuren hebben we niets dan narigheid te verwachten!'
Maar hij was te laat. Heer Ollie nam een duikhouding aan en sprong met kromme knieën in het stille meer. Hij bleef niet lang onder; al spoedig dook zijn gelaat op naast dat van de drenkeling die hem krampachtig vastgreep. De reddende heer geraakte daardoor natuurlijk in moeilijkheden en nu steeg er een tweestemmig hulpgeroep in het maanlicht omhoog.

Tom Poes greep de speer, die de schildwacht tijdens zijn val verloren had, en klauterde naar beneden.
'Pak aan, heer Ollie!' riep hij, terwijl hij zich naar de oever haastte. 'Ik zal u naar de kant trekken!'
Dit liet de doorweekte heer zich geen twee keer zeggen. Hij vatte de schacht stevig beet en nu duurde het niet lang of hij bereikte afgemat de oever met de soldaat in zijn kielzog. Het was lang niet eenvoudig om de beide slappe figuren daarna op het droge te krijgen, maar tenslotte slaagde Tom Poes er toch in.
'Oempff!' prevelde heer Bommel terwijl hij soppend overeind kwam. 'Het is maar goed, dat ik reddend heb leren zwemmen. Mijn goede vader stond er op, en daar had hij gelijk in. Stel je voor, dat ik deze schildwacht had moeten laten zinken! De gevolgen zouden jouw schuld geweest zijn, zeg nu zelf!'
Nu hief de militair het hoofd uit de plas waarin hij lag.
'Bedankt,' fluisterde hij met zwakke stem. 'Het was goed van u om mij na te springen, meneer!'
'Och,' zei heer Ollie bescheiden. 'Iedere goede zou dat gedaan hebben. Maar het was slecht van u om mij met een wapen te bedreigen. Ik had gemakkelijk mijn geduld kunnen verliezen, zoals de jonge vriend hier. En dan zou het niet goed met u zijn afgelopen.'

De schildwacht krabbelde overeind en nam de speer van Tom Poes over. 'Dat is waar,' sprak hij. 'U moet wel aan de goede kant staan.'
'Natuurlijk ben ik goed,' gaf heer Ollie bescheiden toe. 'Ik ben hierheen gekomen om Sollidee te bevrijden. Breng mij thans naar uw meerdere zodat ik de leiding in handen kan nemen.'
'Kom maar mee,' zei de soldaat. 'Ik moet u toch rapporteren, want vreemdelingen zijn altijd verdacht, of ze nu goed of slecht zijn. Op die manier gaat het in één moeite door.'
Hij begon een kronkelend rotspad te beklimmen en al spoedig kwam er een metselwerk in het zicht, dat toegang tot het inwendige van de berg bleek te geven. Daar had men op ruwe wijze enige vertrekken uitgehouwen om onderdak te bieden aan de bevrijdende legers, die de dam bewaakten. De bevelvoerende officier zat in een van die kamers de tijd te korten toen de wachter binnentrad.
'Hier zijn een paar lui, die mij in het water hebben gegooid,' meldde hij. 'Maar ze hebben me er ook weer uit gehaald. Ze schijnen te willen samenwerken, of zo!'
'Nogal verdacht!' riep de meerdere opspringend. 'Het zullen wel spionnen zijn. Vermomde Slechten. Breng ze binnen en blijf in de buurt!'

Heer Ollie en Tom Poes betraden de ongezellige ruimte en de eerste stelde zich in eenvoudige woorden voor.
'Mijn naam is Bommel,' sprak hij. 'U hebt zeker al eens van mij gehoord. Ik kom hier om dit ongelukkige land te bevrijden en op te heffen.'
'Dat is dan mooi,' zei de officier. 'Bevrijden, hè? Goed zo! Maar naar welke kant?' Rechts of links, zwart of wit, goed of slecht?'
'Wat bedoelt u?' vroeg heer Ollie betrekkend. 'Ik behoor natuurlijk tot de goede kant, en mijn jonge vriend Tom Poes hier ook, al springt hij wel eens uit de band. Dit arme land moet gered worden, en ik, als heer, zal persoonlijk zorgen, dat het gebeurt!'
De luitenant had met een onbewogen gelaat toegeluisterd, doch nu trok er een stroeve glimlach om zijn mond.
'Als heer, hè?' herhaalde hij. 'Dat klinkt goed. Dan zijn we het dus eens: dit land moet worden bevrijd, meneer Bommel. En daarom moeten de Slechten het land uit, waar of niet? Maar dat is niet zo eenvoudig, want de Slechten zijn door en door slecht! Zij zijn zó doortrapt, dat ze zich door een gedeelte van de bevolking Goeden laten noemen!'
'Kijk, dat dacht ik nu al...' begon heer Ollie. Maar de ander luisterde niet.
'Daarom moet ik een bewijs hebben, dat je werkelijk een Goede bent,' hernam hij. 'Ik zal je een taak geven, die de Slechten een gevoelige klap zal toebrengen!'

Hij rommelde wat in zijn bureau en haalde een rond, zwart voorwerp te voorschijn.
'Kijk,' sprak hij, 'dit is een bom die met sterke springstoffen geladen is. Wij Goeden, vechten met eerlijke wapens als ploertendoders, speren en kortjannen. Anders zouden we een slechte pers krijgen. Maar jij als vreemdeling staat daar natuurlijk buiten.'
'Dat eh... dat geloof ik niet!' zei heer Ollie met onzekere stem. Hij staarde vol afgrijzen naar het akelige voorwerp, dat de luitenant hem in de handen had gedrukt, en het zweet brak hem uit.
'Luister goed,' vervolgde de officier. 'Aan de overkant van de dam is een kamp van de Slechten, dat streng wordt bewaakt. Gooi die bom er op, dan bewijs je dat je voor het Goede bent en dan mag je met ons mee doen.'
'Maar zoiets zou mijn vader nooit hebben goedgekeurd!' riep heer Bommel uit. 'Hoe kan ik bewijzen, dat ik goed ben door het gooien van een bom, als u begrijpt wat ik bedoel? Wat jij, Tom Poes? Zeg toch ook eens wat!'
'Genoeg!' blafte de luitenant, terwijl hij een tafelbel luidde. 'Ik zal een wacht met je mee sturen om je in de gaten te houden. Afmars!'
Zo gebeurde het. Even later trad de beproefde heer in het maanlicht, met het ontplofbare wapentuig in de bevende armen en een soldaat dreigend achter zich. Tom Poes liep voor hem uit, vol nare voorgevoelens.

Hun voetstappen galmden hol door het metselwerk en heer Bommel's ademhaling gaf een gierende bijklank aan het suizelen van de nachtwind, doch overigens hing er een onheilszwangere stilte over het toneeltje.
'Afdeling halt,' sprak de schildwacht tenslotte. 'We zijn er. Deze trap voert naar de andere kant van de dam, en daar zit een troep Slechten, zoals je ziet. Gooi de bom er op, meneer, dan hebben we de waterwerken van Sollidee weer gezuiverd.'
'En wat dan?' vroeg Tom Poes.
De soldaat keerde zich verbaasd naar hem om. 'Nou me dunkt,' zei hij. 'Dat zou een mooie overwinning zijn. We hebben deze dam al acht keer bevrijd, maar de ellendelingen blijven de buurt onderdrukken, zodat we nooit zeker van onze zaak zijn.'
'Zo is het,' gromde een korporaal, die terzijde toezicht op de afgang hield. 'Naar beneden, jullie! Geef de schoften een lesje, dan zullen wij het terrein daarna wel schoon vegen!'
Heer Ollie wilde iets in het midden brengen, maar de militair stak ongeduldig zijn lans naar voren zodat de ongelukkige heer haastig zijn voet op een trede zette en aan de afdaling begon.
Dat viel niet mee, want de trap was door de vele bevrijdingen ernstig beschadigd, en ontbrak op sommige plaatsen geheel.

Hij keerde zich dan ook achterste voren en liet zich treetje voor treetje zakken. Dat had het voordeel, dat hij het kampvuur van de Slechten niet kon zien en bovendien had hij een betere greep op het metselwerk.
'B-blijf in de b-buurt, jonge vriend,' fluisterde hij met droge lippen. 'Kijk goed uit of ik niet aangevallen word door G-goeden of Slechten, als je begrijpt wie ik bedoel. Eh... misschien is het beter dat jij voorop gaat, bedoel ik. Als jij nu de bom zou nemen, kan ik je in de rug verdedigen...'
'Ik kan er niet langs,' zei Tom Poes. 'Als we maar eerst beneden zijn kunnen we in die struiken dekking zoeken. Hier lopen we te veel in de gaten, met de ene partij boven ons en de andere beneden. Voorzichtig, heer Ollie. De treden zijn erg kapot.'
Jammer genoeg kwam zijn waarschuwing te laat. Heer Bommel's voet zocht vergeefs naar steun en de bezwaarde heer die daar niet op gerekend had sloeg achterover, terwijl het akelige wapentuig aan zijn handen ontsnapte.
'Help!' riep hij met piepende stem. 'Ik val!'
Maar Tom Poes had meer aandacht voor het projectiel, dat een hoge boog door de lucht beschreef, en hij sprong er achteraan om het op te vangen.

'Een aanval!' riep een van de wachters van de tegenpartij, die de dam in het oog hield. 'Dekken! Een bom!'
Op dat moment sprong Tom Poes tussen hen in en ving het akelige voorwerp op, precies voordat het de grond zou raken.
'Dat was op het nippertje!' zei hij hijgend.
'H-heel knap!' stamelde de krijger verbleekt. 'Daar zouden we bijna in de lucht gevlogen zijn! Waar komt dat ding vandaan?'
Nu klonk een zwakke, over rugzeer klagende stem op de achtergrond. Het was heer Ollie, die zich hersteld had van zijn val en voorzichtig overeind kwam. Maar tot zijn ontstemming was er niemand, die aandacht aan zijn leed schonk; het was Tom Poes, die alle aandacht kreeg.
'Van de dam gegooid, natuurlijk!' hoorde hij een der soldaten zeggen. 'Zonder jou zouden wij er geweest zijn. De slechten zijn zo slecht, dat ze zelfs met bommen gooien!'
Deze opmerking was te veel voor de gevallen heer.
'Oho,' sprak hij, nadertredend. 'Daar is geen sprake van. Ik ben niet slecht! Dat ding moest ik alleen maar gooien om te bewijzen, dat ik Goed ben, bedoel ik. Maar omdat ik goed ben, ben ik gevallen.'
De wachters keken verbaasd om en er verscheen een wantrouwige blik onder hun helmen.

'Ik houd niet van bommen, bedoel ik,' verduidelijkte heer Ollie haastig. 'Daarom viel ik en toen verloor ik dat ding. Maar de jonge vriend heeft hem even opgevangen. En nu is alles weer in orde, zegt u nu zelf.'
'In orde?' herhaalde de schildwacht dreigend. 'Jij gooide dat helse wapen! En je komt van de kant van de Slechten, die op de dam zitten!'
'Een heer is altijd aan de kant van het Goede,' verklaarde heer Bommel fier. 'Ik bedoel; hier zitten natuurlijk de Goeden, maar sommige slechten zijn Goed en daarom kunnen sommige Goeden wel Slecht zijn. Het is allemaal héél moeilijk voor een heer, die eenzaam de leiding der bevrijding op zich wil nemen...'
'Wacht eens even!' snauwde de ander. 'Ben jij niet de vreemdeling die de leiding van de voedselverdeling op het strand had genomen?'
Deze vraag bracht heer Ollie in verlegenheid. Hij begon aan een verward relaas en Tom Poes maakte hier gebruik van door onopvallend met de bom in het struikgewas te verdwijnen. Hij was maar net op tijd, want de wachter verloor al spoedig zijn geduld.
'Gladde klets,' stelde hij vast. 'Je bent een gewone overloper. Een verrader van de goede zaak. Je komt in aanmerking voor herscholing. Mee naar het kamp!'
Hij stak zijn hand uit naar de onaangenaam getroffen heer; maar op dat moment klonk de stem van Tom Poes uit de bladeren.
'Hollen!' riep die. 'Deze kant op! Vlug!'

Heer Ollie begreep, dat dit een goede raad was. Hij sprong tussen de stammen, voordat de krijgsman begreep wat er gebeurde en snelde ademloos voort.
'Hier durven ze niet komen,' zei Tom Poes, die achter hem aan draafde. 'Dit is het gebied van de andere partij.'
Het zag er naar uit, dat hij gelijk had, want van achtervolgers was niets te merken en het woud lag stil en vreedzaam om hen heen. Toen de oever van het meer in het zicht kwam hield heer Bommel dan ook uitgeput de pas in.
'De andere partij,' prevelde hij hijgend. 'Welke is dat? Zijn dat nu de Goeden? Of zijn de Goeden slecht? Het is vreselijk om niet te weten waar men staat, als heer zijnde. En die arme Sollideeërs moeten steeds maar rondvliegen, terwijl hun grond vermodderd en platgetrapt wordt.'
'Hier niet,' zei Tom Poes. 'Aan deze kant van de dam vliegen ze niet rond. En daar staan er een paar in het water; kijk maar!'
Hij wees naar een groepje vogels, dat vreedzaam in het meer waadde en dat fraai belicht werd door de stralen van de opkomende zon.
'Ze... ze vissen!' riep heer Bommel uit. 'Ze ontbijten, bedoel ik. Dat heb ik ze aan de andere kant van de dam nooit zien doen; daar hadden ze een blikopener nodig, als je begrijpt wat ik bedoel.'
Tom Poes knikte.
'Hier is alles anders,' zei hij.

Dat was waar; hoe verder ze kwamen, hoe bewoonder de omgeving er uit zag, en tenslotte bevonden ze zich tegenover een verzameling fraai versierde huizen, die schilderachtig aan de bergwand hing. De zon scheen vriendelijk over het water, de bomen ritselden in het zachte windje en de inwoners glimlachten onder het gaan, zodat heer Ollie een andere mening begon te krijgen. 'Kijk nu toch eens aan!' sprak hij verrast. 'Hier moeten Goeden wonen, wat jij, jonge vriend?'
'Hm,' zei Tom Poes. 'Waarom is het hier zo anders?'
Heer Ollie luisterde niet naar deze vraag. Hij wendde zich tot een wandelaar, die juist van zijn ontbijt in het meer terugkeerde en hield hem staande.
'Is hier ook een goed hotel in de buurt? vroeg hij vriendelijk. 'Een plaats waar een bevrijdend heer zijn maaltijd af kan maken zonder door slechte goeden gestoord te worden, bedoel ik?'
'Daar,' zei de inboorling op een groot gebouw wijzend. 'Slaapeetplaats voor loopvreemdelingen. Kost geld.'
'Geld speelt geen rol,' riep heer Bommel goedgemutst, en met deze woorden betrad hij de hall van het aangeduide bouwwerk. Het zag er proper uit en de Sollideeër, die hen ontving putte zich uit in beleefdheden zodat het de beproefde heer prettig te moede werd.
'Kijk, zo had ik het mij nu altijd voorgesteld,' verklaarde hij. 'Iemand die een grootse taak op de schouders genomen heeft, dient met onderscheid behandeld te worden, zei mijn goede vader altijd. Kunnen we iets te eten krijgen?'

Toen de tafel en poosje later ontruimd werd liet heer Bommel zich met een voldane zucht achterover zakken.
'Alles goed?' vroeg de hotelier naderbijtredend. 'Hebben doorluchte heren gesmaakt?'
'Uitstekend,' zei heer Ollie minzaam. 'Het heeft mij veel goed gedaan en nu kan ik mij weer geheel aan mijn taak wijden. Hoe komt het dat hier alles zo veel beter is dan aan de andere kant van de dam?'
'Door goede dam natuurlijk,' zei de ondernemer. 'Hier is plenty vis, en daar niet.'
'O,' mompelde heer Bommel een beetje onthutst. 'Juist, ja. Maar dat is toch niet eerlijk? Tegenover uw landgenoten, die aan de andere kant wonen, bedoel ik. Die zullen die dam vast niet prettig vinden en het zou mij niets verbazen wanneer ze op een dag kwaad werden.'
'Kwade landgenoten hebben het niet goed,' verklaarde de hoteleigenaar. 'Dus zijn ze slecht. Maar edele heer kan gerustig zijn, Goeden, die dam gebouwd hebben, zorgen dat alles zo blijft. Goede vreemdeling kan rustmatig slapen gaan, goede Goeden waken over hem. Kan niets gebeuren.'
Deze woorden stelden heer Ollie gerust.

Maar toen hij opstond om naar boven te gaan verstarde hij plotseling.
'W-we zijn er bij...' fluisterde hij geschrokken. 'Ze hebben ons gevolgd! Over die bom, bedoel ik.'
Tom Poes die tegenover de ingang zat, zag dat er een nieuwe gast binnentrad, en de schrik sloeg ook hem om het hart. Maar de hotelier hief sussend de handen op toen hij de ontroering van zijn gasten bemerkte.
'Vrede, doorgeluchte vreemdelingen,' sprak hij. 'Hier kan kwaad niet komen. Daar komt een goede Hoofdman mijn nederige maaltijd gebruiken. Ontschuldig mijn persoon!'
Hij wendde zich tot de nieuw aangekomene en begroette hem met grote voorkomendheid. De soldaat zette zich met een korte knik aan een tafeltje en begon het menu door te nemen zonder een blik op de andere bezoekers te slaan.
'Kom mee,' fluisterde Tom Poes. 'Laten we maken dat we wegkomen. Zachtjes, heer Ollie!'
Heer Bommel gehoorzaamde met trillende knieën, maar hij kon niet nalaten een blik achterom te werpen. Hij volgde zijn eigen gedachtengang en toen hij de uitgang bereikt had was hij tot een besluit gekomen.
'Het is vreemd!' sprak hij tot zichzelf. 'Ik had het nooit kunnen denken, maar de feiten spreken voor zichzelf, zelfs als ik de bom en het ruwe gedrag er bij reken!'

'Wat bedoelt u?' vroeg Tom Poes, die hem hoorde mompelen. 'Hebt u uitgemaakt wat goed en slecht is?'
'Inderdaad,' zei heer Ollie. 'Als men de feiten gewoon naast elkaar zet is het eigenlijk niet zo moeilijk voor iemand met onderscheidingsvermogen. Die soldaat daar binnen is van de Goede partij. Ga zelf maar na: Er is niets dan orde en welvaart om ons heen! Is dat goed of niet?'
'Hm,' zei Tom Poes. 'Aan de andere kant van de stuwdam is het ook Sollidee!'
Deze opmerking prikkelde heer Bommel.
'Onzin,' sprak hij gemelijk. 'Kwade Sollideeërs hebben het niet goed, en dus zijn ze slecht! Dat zei die herbergier en daar houd ik mij aan. Aan de andere kant wonen onvermogenden in een verwaarloosde omgeving, die voor mijn teer gestel héél drukkend was. De modder rook zelfs zeer onaangenaam; ik heb het persoonlijk geproefd. Daar woonden Slechten, dat staat vast!'
'Nou, voor mij niet,' zei Tom Poes opstandig. 'Ik heb zo langzamerhand mijn eigen ideeën over de toestand hier, en ik ga er wat aan doen.'
Hij liep weg in de richting van het bos en heer Bommel keek hem ontstemd na.
'Hij doet maar,' mompelde hij. 'In deze omgeving voel ik me thuis, en van hier uit kan ik de bevrijding ter hand nemen.'

Maar inplaats van het hotel binnen te gaan liep hij langzaam naar de oever van het meer, waar een zacht windje de geuren van rode malideeën en konotropen aanvoerde. Er heerste een grote rust, die het peinzen vergemakkelijkte, en na een poosje begonnen er allerlei rimpels over heer Ollie's voorhoofd te woelen.

'Niets dan welvaart en tevredenheid,' prevelde hij. 'Overvloedig vis in het heldere water... Door die dam. Ja, ja. En aan de andere kant is blubber, zonder welvaart. Maar de Sollideeërs zijn aan beide kanten hetzelfde.'

Hij zuchtte en zijn trekken verdiepten zich.

'Onzin,' hernam hij, terwijl hij begon te lopen. 'Een omgeving waar het voor een heer aangenaam toeven is, is goed. Voor een heer, bedoel ik. Hoewel men mij wilde dwingen een bom te gooien. En eigenlijk gaat het niet om Goeden of Slechten; het gaat om die arme vogels. Ik zou toch wel eens willen weten wat Tom Poes eigenlijk bedoelde...'

Tom Poes was intussen al een heel eind weg. Hij volgde de oever van het meer, dwars door het bos heen, in de richting van de stuwdam.

Het werd nacht en de duisternis bemoeilijkte het gaan door het dichte struikgewas; maar hij deed zijn best om geen geluid te maken, want voor zijn plan was het nodig, dat hij geen Goeden en geen Slechten ontmoette.
Daarom schrok hij op, toen hij naderende voetstappen achter zich hoorde en hij sprong vlug achter een boom om dekking te zoeken. Maar hij zag al gauw, dat het alleen maar heer Bommel was, die hem achterop kwam.
'Tom Poes!' riep de dravende heer door het stille woud. 'Tom Poes! Ben je daar? Wacht even. Ik ga met je mee. Ik heb nog eens gedacht...'
Tom Poes wilde net antwoorden toen hij een beweging in de struiken aan de andere kant van de weg gewaar werd.
Het was een afdeling soldaten die zich in vijandelijk gebied gewaagd had om de vreemdelingen op te sporen. Door het geroep en gedreun waren ze naderbij gelokt en nu sprongen ze op een teken van hun aanvoerder uit het struweel te voorschijn. Heer Ollie schrok natuurlijk vreselijk en terwijl hij een kreet uitstiet probeerde hij zich uit de voeten te maken. Helaas, hij was niet vlug genoeg. De groep haalde hem zonder moeite in, en Tom Poes, die begreep dat hij tegen de overmacht niets kon beginnen, klom snel in een boom.

Het gevecht duurde maar kort. Heer Bommel werd snel en vakkundig gebonden en na een kort bevel zette het groepje zich weer in beweging, hun gevangene met zich voerend.
'Wat een ellende!' mompelde Tom Poes, die de afdeling tegen het licht van de opkomende zon weg zag draven. 'Nu moet ik heer Ollie uit de narigheid halen, voordat ik verder aan mijn plan kan werken. Wie weet waar ze hem heenbrengen?'
Dat was inderdaad moeilijk te zeggen. Het onverschrokken troepje snelde voort zonder de pas te vertragen en op het geklaag van de gevatte heer werd in het geheel niet gelet.
Nu wilde het geval, dat de journalist Argus in die buurt bezig was nieuws te garen. Dat was moeilijk werk, zoals oplettende lezertjes zullen begrijpen, en daarom keek hij dan ook verheugd op toen hij het optochtje in het oog kreeg.
'Wel, wel,' mompelde hij. 'Dat zal onze abonnees interesseren. 'Bekend Rommeldammer in Handen van de... Van Wie eigenlijk? Nu ja, dat zien we later wel. Een Klap voor de Bevrijding van Sollidee. Zullen de Verenigde Naties ingrijpen?' En dat tegenlicht is aardig voor een plaatje; heel dramatisch.'
Hij knipte af en spoedde zich vervolgens met deze primeur terug naar het vaderland. Maar daarover later.

Heer Bommel werd de volgende morgen vroeg in een eenvoudig vertrek geleid, waar drie hoge militairen achter een ruwe tafel zaten.
'Dit is een krijgsraad te velde,' sprak de middelste. 'Alles wat u zegt wordt tegen u gebruikt. Hebt u iets te zeggen?'
Heer Bommel zweeg. In de eerste plaats had hij nog steeds zijn adem niet helemaal terug en in de tweede plaats zag hij het nutteloze van tegenwerpingen in.
'Goed,' hernam de hooggeplaatste soldaat. 'Wie zwijgt stemt toe! U bekent dus, schuldig te zijn aan verraad en het plegen van een aanslag. U bent over de dam gevlucht naar het deel van Sollidee dat door de Slechten bezet is. U hebt daar zonder twijfel geheimen overgebracht. U hebt geprobeerd om het vrije deel van dit land aan de onderdrukkers in handen te spelen. Hebt u iets te zeggen?'
Nu hervond heer Ollie zijn stem.
'Ik eh... ikkik heb pijn in mijn zij!' klaagde hij met schorre stem. 'Ik wil naar huis... be-bedoel ik...'
'Tot zover de verdediging,' zei de officier, opstaande. 'U bent schuldig bevonden. Als agent van de tegenpartij zult u moeten worden herschoold. We veroordelen u tot vijftig jaren in de steenhouwerij; als kiezelaar of grinder. Weg met u!'
Na dit vonnis werd de ongelukkige heer op ruwe wijze naar een binnenplaats gevoerd waar een aantal gestraften op vreugdeloze wijze doende was grote rotsblokken tot gruis te kloppen.

Hierboven ziet men hem doende met het behakken van een rotsblok als aankomend kiezelaar.
'Hoe vreselijk is dit alles,' prevelde hij stil voor zich heen. 'Ik heb nu al een blaar, waar niemand zich iets van aantrekt. En tot wat kan men nu een in-goed heer van mijn stand omscholen? Het is duidelijk, dat ik alleen maar slecht kan worden! De lieden, die mij dit aandoen moeten dan ook wel Slechten zijn, dat zal iedereen begrijpen!'
Terwijl hij zo mompelend zijn vreugdeloze arbeid verrichtte werd hij zachtjes aangeroepen door een medegevangene.
'Lasido is de naam,' riep deze. 'U weten wel, u helpen de Lasido's en Lasido's helpen u. Dola Lasido hier hebben u naar de dam gebracht, en daarom zijn wij hierheen gevoerd om verbeterd te worden.'
Heer Ollie verbleekte.
'Dat is erg,' sprak hij met bevende lippen. 'Omdat ze mij geholpen heeft is ze hier naar dit vreselijke oord gebracht. Een zwakke vrouw die alleen maar het goede wilde...'
'Is niet zo erg,' hernam de heer Lasido troostend. 'Leren hier alleen maar goeds, want dit zijn kamp van Goeden. Maar wij Sollideeërs moeten hier jurken dragen en dat is van grote last. Kunnen niet meer vliegen. Zouden zeer verplicht zijn wanneer u dit keer van helpen wist.'
'Ja, ja helpen!' zuchtte heer Bommel verslagen. 'W-waar is Tom Poes?'

Tom Poes zat niet ver vandaar in een boom en spiedde de weg af die naar het kamp leidde.
'De legerplaats wordt goed bewaakt,' dacht hij. 'En om te weten waar heer Ollie is, moet ik er naar binnen. Hoe doe ik dat?'
Het antwoord op die vraag liet niet lang op zich wachten, want er klonken naderende voetstappen en toen hij naar beneden keek zag hij een soldaat, die fier over het pad voortliep. Zonder zich te bedenken sprong hij van de tak af boven op de krijgsman. Met een verraste uitroep stortte de getroffene ter aarde, waar het hem zwart voor de ogen werd. Tom Poes maakte daar meteen gebruik van, zoals we binnenkort zullen zien.
Heer Bommel wist dit alles natuurlijk niet. Hij zat op zijn steenklomp een waterig twaalf-uurtje te gebruiken en daarbij ontsnapte hem menige bange zucht.
'Wat nu?' vroeg hij zich af. 'Ach, altijd als ik de jonge vriend het hardste nodig heb is hij er niet. En nu denk ik niet eens aan mezelf. Die arme Lasido's zijn hier door mijn schuld opgesloten en het is mijn plicht om ze te helpen!'
Maar er gebeurde niets. De middagzon scheen heet op de steenklopperij en op de achtergrond draafde een groepje wachters de poort uit. Het was tijd voor de aflossing.

De hopman van de verse wacht blies op een fluitje en heer Bommel toog opnieuw met verstijfde armen aan de arbeid. Voldoening gaf het hem in het geheel niet en hij zat suffig op een steen te hakken toen hij plotseling op de rug getikt werd door een bewaker.

'St! Geen geluid!' fluisterde deze. 'Ik ben het, schrik niet. Sta op en loop voor me uit naar de poort.'

Heer Ollie bleef verrast met zijn houweel in de lucht zitten. Hij wierp een blik achterom en onderdrukte met grote tegenwoordigheid van geest een uitroep. Onder de krijgshaftige vermomming en de neus van bamboe had zijn scherpe blik onmiddellijk Tom Poes herkend en hij begreep, dat hij nu slim en onopvallend moest handelen. Daarom wierp hij zijn houweel terzijde en begon moeilijk over het steengruis heen naar de uitgang te sjokken.

'Vlugger, heer Ollie!' drong Tom Poes aan. 'Er is niemand bij de poort en als we handig zijn kunnen we verdwijnen zonder gezien te worden.'

'Dat grind prikt in m'n voetzolen,' klaagde de vluchtende heer. 'En wacht eens even, jonge vriend. Er is nog iets...'

Hij bleef staan maar Tom Poes had in de gaten, dat een paar bewakers argwanend naar hen keken en daarom bracht hij zijn speer naar voren om zijn vriend tot spoed te manen.

'Laat dat!' riep heer Bommel met schelle stem. 'De Lasido's moeten mee! Ho! Stop!'

Tom Poes luisterde echter niet. Hij gaf een gevoelige prik met het wapen en snelde toen in looppas achter heer Bommel aan.

'Daar gebeurt iets verdachts!' gromde een van de wachters. 'Er op af!'

Tom Poes begreep dat er geen tijd te verliezen viel. Daarom bewoog hij heer Bommel met behulp van zijn speer tot nog meer snelheid, terwijl hij over zijn schild heen naar de achtervolgers keek.
'Deze gevangene moet verhoord worden!' riep hij. 'Ik breng hem even weg. Ben zó terug!'
De beide bewakers hielden halt en keken het voortdravende groepje twijfelachtig na.
'Verhoor?' sprak een van hen. 'Nu, dat kan.'
'Dat kan niet,' verbeterde de ander. 'In het bos wordt niet verhoord, en dat accent klonk raar. Ik vertrouw het niet. Maar wat moeten we doen? We kunnen het kamp toch niet onbewaakt laten?'
'Laten we naar de hopman gaan,' stelde de eerste voor. 'Zo'n Betere weet meer dan wij.'
Dit denkbeeld vond bijval. Ze marcheerden af en nu lag de poort weer verlaten. Daardoor hadden Tom Poes en heer Bommel de gelegenheid om in het woud te verdwijnen en in veiligheid te geraken.
'Een mooie manier van helpen is dat!' klaagde de laatste stilstaande. 'Je hebt mijn teer gestel lelijk bezeerd met die harpoen. En bovendien heb ik nu twee vrienden in de steek gelaten, die door mij in moeilijkheden geraakt zijn!'

Hij legde bedrukt uit, wat er aan de hand was en Tom Poes luisterde oplettend.
'Hm,' zei hij, 'die Lasido's hebben een vreemde manier van denken. Waarom trekken ze die jurken niet uit? Maar ik zal zien wat ik doen kan. Wacht hier op me.'
Hij holde terug naar de poort en keek voorzichtig naar binnen. Er waren geen wachters te zien, en een groepje gevangenen beklopte rotsblokken in de middagzon. Maar daar hielden ze meteen mee op toen Tom Poes hen aanriep.
'Vlug!' schreeuwde hij. 'Trek die jurken uit en vlieg weg! De kust is vrij!'
Die woorden veroorzaakten enige beroering. De werkers lieten hun gereedschappen zakken en keken met verbaasde ogen naar de namaak-bewaker terwijl er een gemompel uit hun midden opsteeg.
'Is vreemdeling,' zei de heer Lasido. 'Komt ons bevrijden.'
'Kan dat nu wel?' vroeg zijn vrouw twijfelachtig. 'Op die manier worden we nooit Goeden. En dan worden het land niet bevrijd.'
'Onzin,' sprak haar echtgenoot. 'Het gaat er niet om Goed te worden. Gaat er om bevrijd te worden. Wij en land van Sollidee! Maar met dwangbuis aan worden we nooit vrij, want dan kunnen wij niet vliegen!'
Na deze slimme gevolgtrekking begon hij zich haastig van zijn hinderlijk kledingstuk te ontdoen en het wijfje volgde zijn voorbeeld.

Tom Poes wachtte even, totdat hij de vogels zag opstijgen, en toen holde hij opnieuw de poort uit waar heer Bommel hem bij de bosrand opwachtte. 'Gelukkig!' sprak deze opgelucht, terwijl hij de vluchtende Sollideeërs naoogde. 'Heel goed. Ik had het zelf kunnen doen.' Maar Tom Poes schonk geen aandacht aan deze prijzende woorden omdat hij tot zijn schrik achter de spreker een beweging tussen de stammen zag.
'Pas op!' riep hij. 'Een aanval!'
Daarop sprong hij in een boom en verdween tussen de takken, maar heer Ollie bleef als aan de grond genageld staan. Hij wierp verwilderde blikken om zich heen en daar had hij alle reden toe, want vóór hem kwam een drom bewakers de poort uit rennen met de opdracht om hem opnieuw te vatten, en achter hem sprong een groep tegenstanders de helling af om het kamp te overmeesteren. De beide legerscharen troffen elkander op de open vlakte en sloegen onder het geroep van 'Leve de Bevrijding' op elkander in. De ongelukkige heer werd zodoende voor de zoveelste maal in deze geschiedenis onder de voet gelopen zonder dat hij de leiding op zich kon nemen.

De strijd golfde enige tijd heen en weer doch tenslotte werden de aanvallers teruggedrongen, en de vechtenden verdwenen in het oerwoud. Nu werd de gestalte van heer Bommel ook weer zichtbaar; uitgevloerd en geheel bewegingloos lag hij op het slagveld, en pas toen er uit een boom in zijn nabijheid een wapenrusting naar beneden viel richtte hij zich een weinig op.
'H-hoe vreselijk...' prevelde hij. 'Ge-gevallen op het v-veld van eer...'
'Heer Ollie!' riep Tom Poes die nu achter zijn geleend harnas aan uit de boom sprong. 'Hebt u zich bezeerd?'
'H-het is te erg,' klaagde heer Bommel. 'Altijd weer behoor ik tot de gevallenen, zonder dat het rode kruis zich er iets van aantrekt. Dit houdt zelfs een heer zonder vrees of blaam niet vol. Ik ben tot in het merg bezeerd, jonge vriend. Ik zal de toestanden hier internationaal laten uitzoeken. Ik zal...'
'Kom mee,' onderbrak Tom Poes. 'Ze komen opnieuw deze kant op. De aanvallers schijnen versterking te hebben gekregen!'
Deze opmerking gaf heer Ollie reuzenkrachten en hij slaagde er in op te staan en weg te hollen van de plek des onheils.
'Waar g-gaan we heen?' vroeg hij dof.
'Naar de dam,' zei Tom Poes. 'Gauw, voordat er nog meer bevrijding komt.'

Een tijdje liet heer Bommel zich voorttrekken totdat het metselwerk in het zicht kwam. Hij wilde net zeggen, dat zijn krachten ten einde waren, toen het gestamp van vele voeten, het gerinkel van wapenrustingen, en het geroep van 'Leve de bevrijding' hoorbaar werd. Omdat deze geluiden snel dichterbij kwamen wijzigde hij zijn mening en klom hij snel achter Tom Poes aan naar boven, om een schuilplaats te zoeken. Maar op de stuwdam wachtte hem een vreselijk schouwspel.
'De Slechten!' riep hij met overslaande stem. 'Daar komt een heel leger aan! Z-zouden ze naar mij zoeken? W-wat denk je, jonge vriend?'
'Ik denk het niet,' zei Tom Poes. 'Dit is erger. Kijk maar naar deze kant. Daar komen anderen aan!'
Heer Bommel gehoorzaamde, en tot zijn ontzetting ontwaarde hij daar een dichte drom van de tegenpartij, die uit het oerwoud kwam kronkelen.
'D-de Goeden...' stamelde hij. 'Wat gaat er nu gebeuren? Dit zal een historische slag worden, die men buiten mij om wil uitvechten. Dit is het moment, dat ik de leiding moet nemen, dat voel ik. Als ik maar wist wáár! Als heer staat men zo kwetsbaar tussen goeden en slechten...'
'Onzin,' zei Tom Poes. 'Die lui willen een beslissend gevecht leveren en dat moeten we voorkomen. Het gaat tenslotte niet om Goeden of Slechten, maar om het helpen van Sollidee!'

Hij begon over de dam te rennen, en heer Bommel volgde hem. 'W-wat ga je doen?' riep hij tussen fluitende ademstoten door. 'W-we moeten een list verzinnen, bedoel ik. Hoor je me? Sta toch even stil.'

Maar Tom Poes luisterde niet. Hij had het einde van de stuwdam bereikt en stormde de trappen af, die naar de begroeide kant leidden.

Heer Ollie bleef hijgend achter en wierp een radeloze blik om zich heen. Aan zijn linkerhand wuifde de begroeiing van de rotsen in de warme bries en aan de rechterkant hingen de schamele woningen tegen de kale bergwanden. Op het dak van het dichtstbijzijnde huis stond een waakzame Sollideeër en na een lichte aarzeling vloog die klapwiekend nader.

'Sol, de voorvlieger,' sprak hij. 'U weet wel. Hopende, dat u mooie reis hebt gehad in land van Slechten.'

'Het waren de Goeden,' zei heer Bommel. 'Het was er goed van eten en drinken, bedoel ik. Ach, later dacht ik; misschien zijn het wel Slechten. Soms begrijp ik bijna, wat er gebeurt, maar dan word ik weer vertreden. Wat gebeurt er eigenlijk, als u begrijpt wat ik bedoel?'

De voorvlieger keek opmerkzaam rond, voordat hij antwoord gaf. Beneden was het geluid van naderende legers steeds luider geworden, en hij moest zijn stem verheffen om verstaan te worden.

'Een groot gevecht gaat gebeuren,' legde hij uit. 'Om bevrijding van arme verdrukte Sollidee. Maar ik, voorvlieger, wilde maar dat we minder bevrijd werden. Alle huisjes gaan kapot.'

Een aanzwellend lawaai aan de voet van de dam wees er op, dat de slag begonnen was. Gebeuk van metaal, vermengde zich met het verwarde geschreeuw van twee legers en al spoedig was de lucht gevuld met rondvliegende strijders en hun onderdelen.
'Hoe vreselijk is dit alles!' prevelde heer Bommel terwijl hij met bleke lippen een ronddwarrelende hellebaard naoogde. 'Hoe moet dit aflopen?'
'Een ding is zeker,' verklaarde de vogel. 'We worden bevrijd, wie er ook wint.'
Hij zweeg even toen er een zwaard dicht bij hen in de dam sloeg, en hernam toen: 'Bevrijding is mooi. Wij zijn het meest vrije van alle volkeren, want geen land is vaker bevrijd. Maar zou toch prettiger zijn, wanneer bevrijders weer naar huis gingen.'
'Zegt u dat wel,' zei heer Ollie geheel verbijsterd. 'Ik bedoel, waarvan worden jullie nu eigenlijk bevrijd? Het zou mij meer rust geven wanneer ik dat wist!'
'Van Slechten, natuurlijk!' legde de voorvlieger uit. 'Ik ga vast opdracht geven van vlaggen uitsteken van bevrijding van Sollidee. Hoop alleen maar dat er straks nog huis over is om dat te doen.'
Na deze woorden spreidde hij de vleugels en vloog van daar, de bevreesde heer alleen achterlatend.

Juist toen de slag in de moddervlakte een aanvang nam was de journalist Argus in Rommeldam aangekomen. Hij stond met zijn fototoestellen en zijn bagage wat verloren in de ontvangsthall van het vliegveld en staarde in de lens van een televisiecamera.
'U bent dus teruggekeerd uit Sollidee,' sprak de heer die het vraaggesprek leidde. 'U zult wel heel wat te vertellen hebben. Maar wat onze kijkers het meeste interesseert is hoe het met de heer Bommel gaat. Hoe gaat het met de heer Bommel? Schieten zijn plannen al op?'
'Wel, dat is te zeggen,' verklaarde Argus. 'Aan de ene kant zou ik zeggen, dat hij een bepaalde koers volgt, aan de andere kant werd hij net gevangen genomen, toen ik het land verliet. Mijn indruk is, maar dat is een héél persoonlijke indruk, mijn indruk is, dat hij er niet gauw in zal slagen het land te bevrijden. Er zijn te veel Slechten. Wij hier in Rommeldam moeten hem tegen de Slechten steunen. Ik voor mij, maar dat is een heel persoonlijke mening, ik stel voor om een protestmars tegen de Slechten te houden.'
'Kijk, dat is heel interessant,' hernam de ondervrager. 'Een protestmars tegen de Slechten. Maar eh... wie noemt u Slechten?'
Het gelaat van de onverschrokken verslaggever betrok even maar toen riep hij uit: 'Dat is een heel persoonlijke vraag, maar mijn indruk is, dat we eigenlijk twee protestmarsen moeten houden. Eén tegen onze bondgenoten en één tegen de anderen. Zodoende zullen we nergens aanstoot geven.'

Na de televisie-uitzending kon men de burgemeester en de markies de Cantecler in de bar van de Kleine Club aantreffen.
'Ik heb de indruk, dat deze eh... Bommel de zaak verbroddelt,' sprak de edelman. 'Parbleu, die opgeblazen figuur doet onze hulpverlening meer kwaad dan goed!'
'Ja, misschien wel,' gaf de heer Dickerdack toe. 'Opgeblazen is vervelend. Ik voor mij heb er altijd veel last van na wildbraad. Maar daar gaat het nu niet om. Ik geloof, dat Bommel zijn best doet, markies. Het moet daar om de drommel niet gemakkelijk zijn met al die buitenlandse troepen. Het land is vergeven van de Slechten, hoorde ik.'
'Dat is ieder land, amice,' hernam de heer de Cantecler. 'Men moet immer pal staan tegen het grauw en het geen enkele vrijheid permitteren want dan loopt het uit de hand. Maar nu vraag ik u, wat begint een nul als deze... eh Bommel tegen het janhagel?'
'U ziet het te somber,' suste de magistraat. 'De heer Bommel getuigt daar in de vreemde van zijn goede wil. Net als de protestmarsen van de heer Argus dat doen. En u moet bovendien niet vergeten, dat dat witte ventje bij hem is. Dat kan wel eens slim uit de hoek komen!'
Dat was aardig gezegd van de burgemeester en daarom haast ik mij terug naar Tom Poes. Die was van de damwand gedaald en sloop nu voorzichtig naar het struikgewas, dat er tegenaan groeide.

Het was niets voor heer Bommel om boven op de stuwdam te staan, terwijl er beneden hem een verschrikkelijk gevecht woedde.
'Helemaal onbeschermd,' prevelde hij bleekjes. 'Dit is geen plaats voor een heer in de ure des gevaars. Ik moet iets doen, bedoel ik!'
Met deze gedachte haastte hij zich naar de andere kant van de dam en daalde de treden af naar de vlakte waar niet gevochten werd.
'W-waar zou Tom Poes toch zijn?' vroeg hij zich af. 'Hij is deze kant opgegaan, dat weet ik zeker. Maar waarom? Zou hij laf-hartig gevlucht zijn?'
Zoekend deed hij enige stappen door de vruchtbare omgeving, en al spoedig werden zijn blikken getroffen door een beweging op een rotsblok.
'Wat doe je daar, jonge vriend?' riep hij met een stem waarin verwijt en opluchting klonken. 'Ben je je aan het verstoppen? Denk je dan helemaal niet aan mij? Begrijp je niet wat er allemaal in mij omgaat?'
'Jazeker,' zei Tom Poes. Hij kroop langzaam achteruit en nu zag heer Ollie, dat hij een bom in de handen had.
'Die heb ik daar gisteren verstopt,' legde hij uit. 'En nu ze aan het vechten zijn geslagen, lijkt het mij tijd om hem te gebruiken.'
Heer Bommel deinsde achteruit.
'W-wat zijn dat voor ideeën?' stamelde hij. 'Ik... ik verbied het je! Geef hier, dat ding!'

Maar Tom Poes gehoorzaamde niet; hij drong opnieuw met het akelige wapen het struikgewas in en frummelde daar rond.
'Hoor je me niet?!' riep heer Bommel met piepende stem. 'Het is al erg genoeg dat er zo vreselijk gevochten wordt! Kom hier; onmiddellijk! Wat doe je daar toch?'
'Hier zit een gat,' zei Tom Poes gesmoord uit de bladermassa. 'In het beton van de stuwdam. Als ik daar nu de bom in duw...'
Heer Ollie sloeg de handen aan de oren en zijn wangen begonnen te trillen.
'Ik wil het niet!' riep hij jammerend uit. 'Ik kan er niet tegen! Ik ben tegen het gebruik van helse wapens, bedoel ik. Ik beveel je hier te komen...'
Tom Poes gehoorzaamde onverwachts. Hij sprong uit de begroeiing te voorschijn en gaf de ontdane heer zo'n zet, dat deze snel trippelend een grote afstand achterwaarts aflegde.
'Gauw!' schreeuwde Tom Poes. 'Klim tegen de bergwand op! Ik heb de knop ingedrukt en dat ding kan ieder ogenblik afgaan!'
Heer Bommel gehoorzaamde. De ontzetting gaf hem vleugels, doch hij was nog niet eens halverwege toen er achter hem een vreselijke ontploffing plaats greep, die de gehele omgeving deed schudden.

Het goede stoomschip Albatros was op de terugreis. Uit het verre westen bracht het opnieuw enkele kratten met hulp voor het arme verdrukte Sollidee aan. Die moesten gelost worden, voordat het schip koers zou kunnen zetten naar de thuishaven Rommeldam; maar de gezagvoerder zag dàt niet zo gemakkelijk in.

'Er hangt een zware wolk boven dat overgehaalde eiland,' sprak hij in zijn snor. 'En daarnet hoorde ik onweer op deze hoogte. Het ziet er naar uit, dat die landkrabben aan het donderjagen zijn. Geef me mijn kijker eens, meneer.'

De stuurman gehoorzaamde, en op hetzelfde moment werd het vaartuig door een geweldige golf opgetild en in de richting van het land gevoerd.

'Volle kracht achteruit!' riep de kapitein. 'Het is daar een janboel! Er loopt een rivier door het eiland heen, die niet op onze kaarten staat. Voorzichtig bijsturen en dan kalmpjes laveren. Dood-kalm, meneer. Er komt een stel prauwen de stroom afdrijven!'

Het waren rubbervlotten, die Wal Rus bedoelde. Sommige van de vaartuigjes waren bemand met Goeden en andere met Slechten, doch het was reeds van verre duidelijk, dat de beide groepen in een neerslachtige stemming verkeerden.

Geen wonder; de bom had de stuwdam vernield en nu liep het meer leeg door de moddervlakte; zodoende een einde makend aan de heldhaftige strijd die daar nog kortelings woedde. Het gevecht was dus onbeslist gebleven en de dappere legers konden nog slechts hun gummibootjes opblazen. Nu dobberden ze uitgedoofd zeewaarts met holle ogen in de wilde wateren starend.

Tussen de vaartuigjes van de beide legers was een uiterst eenvoudig vlot zichtbaar. Het bestond uit twee boomstammen die door een liaan aan elkander gebonden waren en het werd bemand door heer Bommel en Tom Poes. Die hadden zich op het nippertje op de berghelling kunnen redden door zich aan de stammetjes vast te klampen en zich op de losgebroken watermassa zeewaarts te laten drijven.
'Blijf stil zitten, heer Ollie,' vermaande Tom Poes. 'We zijn er haast, maar de balken raken los. Ik ben bang, dat u een oudewijvenknoop in die liaan gelegd hebt.'
Heer Bommel keek onaangenaam getroffen op, maar op hetzelfde moment liet de Albatros het anker vallen, zodat de terechtwijzing hem in de mond bestierf.
'Help!' riep hij, lelijk door het zoute water verblind. 'Het vlot gaajt uitsj ejkaaj!'
Zijn klagende stem vermengde zich met het fluiten van de wind en met een ijl gejuich dat boven in de lucht hoorbaar werd.
'Het is Blubbers,' zei de kapitein het hoofd buiten de verschansing stekend. 'Breng een lijntje uit, maat. Voordat hij te water raakt.'
Het was echter reeds te laat. Het ijle gejuich kwam snel nader en nu streek er een Sollideeër op het bouwvallige vlot neer. Dit kon de extra-last echter niet verwerken en de beide stammetjes weken dan ook vaneen om de opvarenden door te laten.
'Leve de Bevrijding!' riep de vogel, maar zijn gejubel klonk wat verschrikt.

Enkele toegeschoten matrozen wierpen een touw uit om heer Bommel en Tom Poes uit de golven te trekken. De Sollideeër die de schuld was van het ongeluk vloog haastig op en landde voor de kapitein aan boord.
'Mij zijn Sol, de voorvlieger,' sprak hij. 'Leve de Bevrijding!'
'Praat me er niet van, meneer!' zei de gezagvoerder. 'Dat hoor ik nu al jaren, en wat koop ik er voor? Maar de lading is in orde. Als we die verzopen landkwab Bobbels hebben opgevist zal ik een sloep laten vieren en dan zal ik je een partijtje elektrische fornuizen aan land brengen.'
'Bevrijd,' hernam de voorvlieger. 'Slechten zijn weggevaren op grote rivier en Goeden ook. Geen vechten meer.'
'Wat is dat?' gromde de zeerob verbluft. 'Geen vechten meer? Heb je dit overgehaalde moeras werkelijk rustig gekregen?'
'Niet ik,' verbeterde de ander. Hij trad op de doorweekte gedaante van heer Bommel toe, die inmiddels aan boord gehaald was en strekte een arm uit.
'Hier liggen grote held,' vervolgde hij. 'Heeft dam stukgemaakt, die arme land in twee stukjes damde. Heeft vechten weggespoeld. Heeft visjes eerlijk verdeeld!'

Heer Ollie kwam langzaam tot zichzelf. Hij richtte zich moeilijk op en opende een verwaterd oog om te zien wie er zo vrolijk stond te praten bij zijn deerniswekkende toestand.
'Mij zijn Sol,' sprak de voorvlieger. 'En dit zijn mevrouw Lasido en meneer. Komen u danken voor bevrijding van Sollidee.'
Een klein glimlachje vormde zich op heer Bommel's doorweekte trekken.
'Niejt tje danjken,' prevelde hij. 'Waajvooj, betjoel ik?'
'Grote held,' zei Dola Lasido. 'Houden niet van grote woorden.'
'Zijn bescheiden,' vulde haar echtgenoot aan. 'Hebben alles weggespoeld; maar willen geen lof.'
Verwarring maakte zich van heer Ollie meester, maar voordat hij iets kon zeggen mengde kapitein Wal Rus zich in het gesprek.
'Alles goed en wel,' riep hij uit. 'Hoe zit het nu met het lossen van mijn lading? Ik heb ovens en ijskasten en strijkijzers in ruim twee; de hele overgehaalde hulpverlening! Waar kan ik die aan land brengen, in al dit vocht?'
'Hulpverlening hoeft niet meer,' zei de voorvlieger vriendelijk. 'Hebben visjes en alles uit grote rivier van grote Bommel!'

De gezagvoerder was even sprakeloos, doch hij herstelde zich spoedig.
'Zo!' riep hij met een stem, die het houtwerk deed trillen. 'Zo! Hoeft meneer zijn lading niet meer?'
'Hebben genoeg!' beaamde de voorvlieger. 'Leve de bevrijding van Sollidee!'
'Schei uit met dat geschreeuw op mijn schip!' brulde de gezagvoerder op orkaansterkte. 'Ga van mijn dek af! Maak, dat je aan land komt; je stoort me in de navigatie! Overgehaalde landkrabben!'
Zijn opgewonden uiterlijk verschrikte de vogels. Ze groetten eerbiedig, en vlogen weg om feest te gaan vieren.
Heer Bommel keek hen een beetje weemoedig na. Toen ging hij overeind zitten en begon zich te drogen met de handdoek die Tom Poes inmiddels gehaald had.
'Hun dankbaarheid is roerend,' prevelde hij in de badstof. 'Vooral omdat het zo weinig is, wat ik voor deze eenvoudige lieden heb kunnen doen. Zeg nu zelf, jonge vriend!'
'Hm,' zei Tom Poes.
'Zeker,' vervolgde heer Ollie, terwijl hij de lap liet zakken. 'In bittere gevangenschap heb ik stenen gebikt, en al te vaak ben ik in de strijd gevallen. Maar eh... die bevrijding... Die was toch eigenlijk meer jouw werk, als je tenminste begrijpt wat ik bedoel.'
'Nou ja,' begon Tom Poes. Maar de stem van kapitein Wal Rus sneed zijn woorden af.
'Jullie zullen hier meer van horen!' riep de zeerob. 'Het lossen saboteren, huh? Dat zal de maatschappij niet nemen, meneer!'

Toen het goede schip Albatros de haven van Rommeldam naderde stond de reder reeds op de kade om het op te wachten. Het nieuws over de bevrijding van Sollidee was ook in de beschaafde streken doorgedrongen en de journalist Argus stond dan ook achter hem om nieuws te garen.
'Is het waar dat men de hulpverlening geweigerd heeft?' vroeg de reporter. 'En is het juist, dat de heer Bommel de scheidsmuur doorbroken heeft, die de goeden van de slechten scheidde?'
'Parbleu,' prevelde de heer de Cantecler. 'Ge kunt niet van mij verwachten, dat ik mij verdiep in de uitspattingen van deze omstreden figuur, amice! Maar hij heeft zich niet ontzien eigen glorie na te jagen ten koste van de bloeiende handel van deze stad.'
De loopplank was inmiddels uitgelegd en hij maakte zich gereed om aan boord te gaan, terwijl de passagiers het schip verlieten.
'Bedankt voor de overtocht,' sprak heer Ollie. 'Weliswaar heeft mijn gezondheid geleden, maar ik put een mooie voldoening...'
'Je kan beter uitkijken, Bobbel!' viel de kapitein hem in de rede. 'Voor een landkrab is dat plankje wel eens wat wiebel. En daar beneden komt meneer Kantenklerk aan...'
De waarschuwing kwam te laat. Heer Bommel stapte op een bananeschil die daar door een onnadenkende matroos was neergeworpen en met een kreet gleed hij uit.

De markies deed haastig een stapje terug en sloeg door zijn lorgnon vol misprijzen de afdaling van heer Bommel gade.
'Fi donc,' prevelde de edelman. 'Geen platheid is deze figuur te dol wanneer hij publiciteit kan krijgen...'
Verder kwam hij niet, want nu raakte de neerdalende gedaante hem vol tegen de romp, en dat trok natuurlijk de opmerkzaamheid van de verslaggever Argus.
'Handgemeen Van Reder en Vrijheidsheld,' noteerde deze haastig in zijn notitieboekje. 'Botsing Van Handelsbelangen En Idealen. Zal ook Onze Stad in een Strijd tussen Rechts en Links gewikkeld worden?'
Zover dachten de beide slachtoffers echter niet. Heer Bommel werd haastig door Tom Poes overeind getrokken en weggevoerd, terwijl de markies waardig, doch pijnlijk getroffen, een zittende houding aannam.
'Par exemple,' sprak hij met gesloten mond. 'Het zijn affreuze tijden. Het janhagel breekt los en de beschaving wordt omver geworpen zonder dat het gezag ingrijpt. Waar moet dat heen?'
'W-waar gaan we h-heen?' stamelde heer Ollie, die met veel moeite zijn besef herwon.
'Naar huis, lijkt me,' zei Tom Poes. 'Ik zal proberen een taxi te vinden.'

Het was reeds laat in de middag, toen ze bij Bommelstein aankwamen. In de hall stonden Joost en buurvrouw Doddel, en de laatste was bezig de krant te lezen, die juist gekomen was. Toen ze het kraken van de buitendeur hoorde liet ze het avondblad echter zakken en draafde op heer Ollie toe.

'Je bent een held!' riep ze uit. 'Geweldig hoor! Ik wist dat je het in je had, Ollie. Maar ik heb toch erg in de ongerustheid gezeten toen je in dat rare land was en toen je gevangen werd genomen. Waren ze lelijk tegen je? Heb je wel genoeg te eten gehad?'

'Ach,' zei heer Bommel geroerd. 'Het was niets, mevrouw. De plicht van een heer gaat nu eenmaal boven zijn genoegen. Maar dank zij mijn ijzersterk gestel heb ik alle ontberingen overleefd. En wat het eten betreft; ik moet zeggen dat een eenvoudige doch voedzame maaltijd mij wel zou smaken, als u begrijpt wat ik bedoel...'

Joost kuchte.

'Dit had ik verwacht, met uw welnemen,' sprak hij. 'Ik ben reeds zo vrij geweest een gebonden kippesoepje op het vuur te zetten. Maar toch is het jammer, dat u niet aan de kleine belegger hebt gedacht. Mijn aandeeltje Scheepvaart is drie punten gezakt, met uw goedvinden. Zal ik de maaltijd opdienen, heer Olivier?'

Er was natuurlijk heel wat te vertellen, en heer Bommel was dan ook heel blij, dat zijn buurvrouw juist op bezoek was toen hij thuis kwam. Uitvoerig schilderde hij alles wat hij had meegemaakt, doch daarbij vergat hij de smakelijke spijzen die Joost hen voorzette niet.

'Bevrijding,' zo besloot hij, 'is een mooi iets, dat ragfijn door een heer tot stand moet worden gebracht. Daarom is het eigenlijk onmogelijk, als u begrijpt wat ik bedoel. Maar door de jonge vriend hier is het me gelukt de dam omver te halen die het ene deel van dat arme verdrukte land van het andere scheidde. De eenvoudige inboorlingen zijn nu dus vrij. Het zou misschien wel goed geweest zijn wanneer ik persoonlijk het bestuur nog enige tijd ter hand had genomen. Er zijn zo weinig hoogstaande leiders, mevrouw! Een mooi voorbeeld kan soms wonderen doen...'

'Excuseer, heer Olivier,' onderbrak de bediende Joost, die juist met de volgende gang nadertrad. 'Ik hoorde zonet door de keukenradio dat de Goeden het heft in Sollidee weer in handen hebben genomen.'

Er viel even een stilte, die tenslotte door heer Bommel werd verbroken.

'Nou,' zei hij een beetje mat. 'Dat is dan mooi, wat jij, jonge vriend?'

'Hm,' zei Tom Poes.

BB LITERAIR

Harry Mulisch *Twee vrouwen*
Harry Mulisch *Oude lucht*
Remco Campert *Alle dagen feest*
Frank Martinus Arion *Dubbelspel*
Frank Martinus Arion *Afscheid van de koningin*
Jan Arends *Keefman*
Jan Arends *Ik had een strohoed en een wandelstok*
Ben Borgart *De vuilnisroos*
Ben Borgart *De slakken van Canêt d'Olt*
Ben Borgart *Buiten schot*
Mischa de Vreede *Een hachelijk bestaan*
Willem Frederik Hermans *Onder professoren*
Lizzy Sara May *Vader en dochter*
Tymen Trolsky *Hyacintha en Pasceline*
Tymen Trolsky *Aliesje*
Maartje Luccioni *Wie nu geen huis heeft*
Maartje Luccioni *Alles anders*
Louis Ferron *Gekkenschemer*
Louis Ferron *Het stierenoffer*
Louis Ferron *De keisnijder van Fichtenwald*
Louis Ferron *Turkenvespers*
Jacques Hamelink *Afdalingen in de ingewanden*
Jacques Hamelink *Een reis door het demiurgenrijk*
S. Vestdijk *Verzamelde verhalen*
Frans Kusters *De reis naar Brabant*
Frans Kusters *De landschapsfotograaf*
Jan Gerhard Toonder *De dronken kanarie*
Jan Gerhard Toonder *De spin in de badkuip*
C. Buddingh' *Daar ga je, Deibel!*
C. Buddingh' *En in een mum is het avond*
Rudolf Geel *Bitter & Zoet*
Rudolf Geel *Genoegens van weleer*
Adriaan Morriën *Lasterpraat*
Hugo Claus *Schaamte*
Hugo Claus *Het jaar van de kreeft*
C.B. Vaandrager *De Hef*
Salvador Hertog *Onwaarschijnlijk bestaan*
Alain Teister *Mijn pappie is enkel een foto*

DE BEZIGE BIJ

BB LITERAIR

Aleida Leeuwenberg *Uit het barre land*
Jacq Firmin Vogelaar *Anatomie van een glasachtig lichaam*
Jacq Firmin Vogelaar *Gedaanteverandering of 'n metaforiese muizeval*
J. B. Charles *Volg het spoor terug*
J. B. Charles *Hoe bereidt men een ketter*
Kees van Kooten *De ergste treitertrends*
S. Montag *Overpeinzingen*
H. C. ten Berge *Het meisje met de korte vlechten*
Astère Michel Dhondt *De vruchten van het veld*
Sybren Polet *Mannekino*
Willem Frederik Hermans *Het sadistische universum 1*
Willem Frederik Hermans *Het sadistische universum 2*
C. Buddingh' *Gedichten 1938-1970*
Remco Campert *Alle bundels gedichten*
Jan G. Elburg *Gedichten 1950-1975*
Sybren Polet *Gedichten* I
Cola Debrot *Dagboekbladen uit Genève*
Gust Gils *Dank voor de blijdschap*
Hugo Raes *De verwoesting van Hyperion*
J. Ritzerfeld *De amazone*
F. C. Terborgh *Verzameld werk* I-IV
Willem Frederik Hermans *Boze Brieven van Bijkaart*
Harry Mulisch *De verteller*
Harry Mulisch *De verhalen 1947-1977*
Marcus A. Heeresma *Anna*
J. L. de Jager *Domme namen*
Rudolf Geel *Een gedoodverfde winnaar*
*Koot droomt zich af*
Bert Schierbeek *Weerwerk*
Armando en Cherry Duyns *Herenleed*
Ivo Michiels *Een tuin tussen hond en wolf*
Hugo Claus *Jessica!*
*De beste korte verhalen van De Bezige Bij*

DE BEZIGE BIJ